中國語言文字研究輯刊

十一編

許錟輝 主編

第2冊

徐國青銅器群綜合研究

孔令遠 著

花木蘭文化出版社

國家圖書館出版品預行編目資料

徐國青銅器群綜合研究／孔令遠 著 -- 初版 -- 新北市：花
木蘭文化出版社，2016〔民 105〕
目 2+198 面；21×29.7 公分
（中國語言文字研究輯刊 十一編：第 2 冊）
ISBN 978-986-404-729-1（精裝）
1. 青銅器 2. 西周
802.08   105013760

中國語言文字研究輯刊
十一編　　第 二 冊　　　　　ISBN：978-986-404-729-1

徐國青銅器群綜合研究

作　　者　孔令遠
主　　編　許錟輝
總 編 輯　杜潔祥
副總編輯　楊嘉樂
編　　輯　許郁翎、王筑　美術編輯　陳逸婷
出　　版　花木蘭文化出版社
社　　長　高小娟
聯絡地址　235 新北市中和區中安街七二號十三樓
　　　　　電話：02-2923-1455 ／傳眞：02-2923-1452
網　　址　http://www.huamulan.tw 信箱 hml810518@gmail.com
印　　刷　普羅文化出版廣告事業
初　　版　2016 年 9 月
全書字數　104667 字
定　　價　十一編 17 冊（精裝）　台幣 42,000 元

徐國青銅器群綜合研究

孔令遠 著

作者簡介

孔令遠，男，漢族。

1968 年出生於南京。

1988.10 ～ 1997.7　江蘇邳州博物館 考古部主任

1993.9 ～ 1995.7　復旦大學文博系

1997. ～ 1999.7　雲南民族學院民族研究中心 民族考古學方向 碩士研究生 畢業

1999.9 ～ 2002.7　四川大學歷史文化學院 考古學古銘刻與古器物方向 博士研究生 畢業

2004.9 ～ 2007.7　四川大學歷史文化學院 考古學博士後

2007.8 ～ 2008.8　美國加州大學伯克利分校（UC Berkeley）人類學系訪問學者

2002.7 ～ 2011.10　重慶師範大學歷史與文博學院 副院長（2004.5 ～ 2006.10）副教授

2011.1 ～ 2015.3　盧旺達大學孔子學院 中方院長

2011.10 ～至今　重慶師範大學歷史與社會學院教授

部分論文簡目：

《試論江蘇邳州市九女墩三號墩出土的青銅器》，《考古》2002 年第 5 期。

《王子嬰次爐的復原及其國別問題》，《考古與文物》2002 年第 4 期。

《徐國都城的考古發現與研究》，《東南文化》2003 年第 11 期

《江蘇邳州九女墩六號墓出土青銅器銘文考》，《考古》2006 年第 11 期。

《江蘇邳州市九女墩三號墩的發掘》，《考古》2002 年第 5 期。

《越王州勾戈銘文考釋》，《考古》2010 年第 8 期。

《徐國青銅器群綜合研究》，《考古學報》2011 年第 4 期

《徐王容居戈銘文考釋》，《文物》，2013 年第 3 期

《徐舒考辨》，《古文字研究》第二十五輯，中華書局，2006 年。

《汪寧生與中國民族考古學》，《中國文物報》2014 年 2 月 21 日第 4 版。

《汪寧生：中國民族考古學的開拓者》，《中國文化遺產》，2014 年第 2 期。

《汪寧生與中國民族考古學》，《考古》，2015 年第 2 期。

Ethnoarchaeology in China, Ethnoarchaeology: Current Research and Field Methods, Edited by Francesca Lugli, BAR International Series 2472, 2013. Published by Archaeopress, Publishers of British Archaeological Reports, Gordon House, 276 Banbury Road, Oxford OX2 7ED, England

Ethnoarchaeology in China, Contesting Ethnoarchaeologies: Traditions, Theories, Prospects_, edited by Arkadiusz Marciniak and Nurcan Yalman, One World Archaeology Volume 7, 2013, pp. 173-188.

專著：《徐國的考古發現與研究》，中國文史出版社，2005 年 9 月。

編著：《汪寧生藏西南民族老照片》，巴蜀書社，2010 年 1 月。

《盧旺達語 - 英語 - 漢語詞典》，中國文化出版社，2012 年 12 月。

課題：國家文物局文物保護科研課題，《徐舒青銅器群綜合研究》，5 萬元，2009 年立項，已結題。

重慶科委自然科學基金課題，《三峽地區古代生態與人居環境研究》，3 萬元，2009 年立項，已結題。

國家社科基金課題，《徐國群舒與鍾離的考古發現與研究》，15 萬元，2011 年立項。

提　要

　　本文主要利用近年來江蘇邳州九女墩徐國王族墓群的出土材料，以及梁王城、鵝鴨城遺址的考古發掘和調查材料，並結合有關文獻記載和當地民間傳說，論證了邳州九女墩大墓群爲徐國王族墓群，梁王城、鵝鴨城遺址爲春秋中、晚期徐國的都城遺址。

　　本文還參照有相對紀年的具銘徐器，對徐國銅器銘文和徐國青銅器作了較爲系統的收集和整理，並作了初步的分期、斷代工作，對部分典型徐器作了初步的考證，並通過與邳州九女墩大墓群所出器物的對照，對紹興306墓、丹徒北山頂春秋墓等國別有爭議的墓葬進行了討論，認爲它們應爲徐人墓葬，還對《余冉鉦鋮》、《叔巢鍾》、《王子嬰次爐》等國別有爭議的青銅器進行了考證，通過與典型徐國銅器在器物形制、紋飾和銘文風格等方面進行全面比較，得出它們應爲徐國銅器的結論。

　　本文還對徐國青銅器中所包含的多種文化因素進行了分析，同時又聯繫徐淮一帶有關新石器時代及夏、商、周遺址，對徐文化的淵源作了初步的探討，並初步分析了徐文化的特徵，認爲徐文化是指，商周時期淮海一帶的徐人在當地夷人文化的基礎上，吸取華夏、蠻越、戎狄等文化的精華而創造的具有鮮明地域風格和時代特點的文化。最後對徐舒關係及徐偃王的傳說等問題進行了深入的探討。

本書獲得以下專案基金的資助：

國家文物局文物保護科研專案：

《徐舒青銅器群綜合研究》（20090110）

國家社會科學基金一般專案：

《徐國、群舒和鍾離的考古發現與研究》，（11BZS009）

目次

前　言

　　在今蘇、魯、豫、皖接壤地區，商周時期曾存在過一個徐國，文獻中稱徐方或徐戎、徐夷，相傳是少昊氏後裔所建立的國家。徐夷在東夷族中是勢力最強的一支，是商代晚期帝乙和帝辛的征伐對象和掠奪財富的目標。西周時期，其勢力向淮河流域擴展，成爲淮河流域夷人勢力的首領，作爲東方夷人的代表與周抗衡。春秋時期的徐國夾在齊、楚、吳三個大國之間，不時遭到它們的征伐。徐王時而嫁女於齊侯（見《左傳・僖公十七年》）；時而又娶吳王之女爲妻（見《左傳・昭公四年》）；時而又送太子入質於楚（見《左傳・昭公六年》），依違於大國之間，處境十分艱難，最終還是難逃亡國的命運，在公元前 512 年爲吳所滅，徐王章禹率從臣奔楚，被楚子安置在夷，即今安徽亳縣東南。此後，徐國便漸漸從歷史上消失。

　　徐從商初立國，到春秋末期滅亡，成文史達一千餘年之久。如果加上立國前的成長時期，則有更長久的歷史。它不僅在開發徐淮地區乃至江淮一帶起過重要作用，爲這一區域在戰國乃至漢代的繁榮奠定了基礎，而且對南方地區吳、越、楚，以至嶺南地區民族文化以巨大而深遠的影響。它在中華民族形成過程中及其文化發展史上佔有不可忽略的地位。

　　然而，關於徐國的文獻資料極爲缺乏。商代甲骨卜辭與西周、春秋青銅器上的銘文中只有簡單的征伐徐夷、淮夷的記載。在《尚書》、《詩經》、《禮

記》、《春秋》及三《傳》、《荀子》、《韓非子》、《竹書紀年》、《山海經》，以及稍晚的《淮南子》、《史記》和《後漢書》中對徐國的零星記載，內容也大多僅限於征伐之事。

商周的滅亡與以徐夷為首的東方夷人的反抗有直接或間接的關係，有所謂「紂克東夷，遂殞其身」的說法，西周王朝也始終為徐、淮夷的不斷反抗所困撓。在商周中原王朝統治者眼中，強大的徐夷集團始終是一支足以與其抗衡的勢力。傳統的史書以商周為正統，故他們所關心的只局限於與徐國的爭鬥，加之相隔較遠，西土人士對春秋以前徐國的狀況也不能有真正的瞭解。有些記載甚至夾有神話的荒誕成份，如《山海經·大荒北經》說「徐偃王有筋而無骨」之類。故史書中很難看到徐國內部的真實面目。

值得慶幸的是，近年來，在徐人活動中心的淮泗流域，以及在長江以南的蘇南、浙江、江西、湖南和湖北等地多次發現了具有獨特風格的徐國青銅器，從實物上證明了徐文化的發達，並且讓我們瞭解到徐人的活動範圍及其影響是相當廣大的。但這些徐國考古材料多出於徐國本土之外，而且大都為零散出土，系統性不強，較難反映出徐國文化的整體面貌。如上所述，徐國史料的極端匱乏，導致了徐國史研究必須主要依賴於考古材料，可以毫不誇張地說，如果沒有考古上的新發現，徐國史研究就不可能取得突破性的進展，徐國考古材料的缺乏正是徐史研究長期處於滯後狀態的重要原因。比如，徐國都城的位置就是一個聚訟已久的問題，如果沒有徐國城址的發現，僅憑文獻記載很難判斷孰是孰非。同樣，如果沒有一個完整的大型徐國墓葬的出土，我們也很難對徐國青銅文化的整體面貌有一個客觀、全面的認識。

徐國本土一直沒有發現徐國墓葬和徐器的情況，直到 1993 年才告結束。1993 年初，江蘇省邳州市博物館對戴莊鄉梁王城九女墩三號墩進行了發掘〔註1〕；1995 年夏，徐州博物館、邳州博物館對梁王城遺址進行了發掘〔註2〕；同年，南京博物院等對九女墩二號墩進行了發掘〔註3〕；1997 年 11 月～12 月，

〔註1〕 孔令遠、陳永清：《江蘇邳州市九女墩三號墩的發掘》，《考古》2002 年第 5 期。

〔註2〕 盛儲彬、姚景洲：《梁王城遺址揭示出一批重要遺跡與遺物》，中國文物報，1996 年 8 月 4 日，第 1 版。

〔註3〕 南京博物院等：《江蘇省邳州市九女墩二號墩發掘簡報》，《考古》1999 年第 11 期。

徐州博物館、邳州博物館對九女墩四號墩進行了發掘〔註4〕。這一系列發掘連同八十年代初在生產建設中遭到破壞的九女墩五號、六號墩，出土了大量的徐國文物，尤其是九女墩二號、三號墩，出土了大批帶有銘文的徐國青銅編鐘及其它青銅禮器，結合相關的文獻記載和民間傳說，我們認為九女墩大墓群為春秋晚期徐國王族墓群，梁王城與鵝鴨城遺址為春秋晚期徐國都城遺址。有了這批材料，我們就有條件能夠比前人更深入地瞭解徐國文化的整體面貌及其與周邊地區文化的關係，能夠更完善地建立起徐國器物的標準器群，從而能夠更準確地斷定徐國器物的相對年代。我們相信這一系列發掘將會激起人們對徐國史研究的興趣，使徐國史研究取得突破性的成果。

　　由於以上發掘材料大多仍在整理過程之中，很多重要材料尚待發表。這裏筆者主要就自己參加發掘所獲得的，以及所瞭解到的有關情況作一較詳細的介紹，並根據這批材料對徐國史和徐國考古學研究中存在的若干問題作一初步的探討，以就教於專家、學者。

〔註4〕　劉照建、吳公勤：《邳州市九女墩四號東周墓》，見《中國考古學年鑒1998年》，文
　　　　物出版社，2000年；徐州博物館、邳州博物館：《江蘇邳州九女墩春秋墓發掘簡報》，
　　　　《考古》2003年第9期。

緒論　徐國青銅器研究的回顧與前瞻

一、研究徐國歷史和文化的意義

徐淮夷在先秦時期常被中原人士視為叛逆的典型，如《左傳·昭公元年》有這樣一句話：

> 於是乎虞有三苗，夏有觀、扈，商有姺、邳，周有徐、奄。自
>
> 無令王，諸侯逐進，狎主齊盟，其又可壹乎？

作為夷人勢力代表的徐國，其之所以在商周時期屢次與中原正統王朝發生衝突，除了經濟上的原因之外，文化上的差異也是一個很重要的原因。

夏商周時期，在蠻夷戎狄四裔非華夏人中，夷人的經濟、文化發展水平是最高的。根據古本《竹書紀年》，夏朝的對外關係幾乎全部都是與東方夷人的關係，夷、夏之間曾發生過曠日持久的戰爭，夷人還一度奪取過夏人的政權，除了戰爭之外，它們之間也有長時期的和平相處。夷人同商周王朝的關係也是時戰時和，商王紂曾擁有億兆夷人，最後還是因為夷人臨陣倒戈而身死國滅，周人雖多次征伐徐淮夷，但始終未能從根本剷除這一心腹之患，相反倒不得不承認徐人僭號稱王的既定事實。如《後漢書·東夷列傳》：

> 後徐夷僭號，乃率九夷以伐宗周，西至河上。穆王畏其方熾，
>
> 乃分東方諸侯，命徐偃王主之。偃王處潢池東，行仁義，陸地而朝

者三十有六國。

由上可見，東方夷人在先秦時代佔有十分重要的地位，過去由於受封建正統思想的束縛及考古學條件的限制，學者們對夷人的歷史和文化知之甚少，今天我們理應擺脫封建正統史學觀念的桎梏，借助於考古發掘和調查材料，逐步恢復夷人歷史和文化的本來面目，以更全面、更客觀地認識我國古代的歷史和文化。

在夷人族群中，以徐人勢力最強、影響地域最廣、活動時間最長，並建立起了強大的國家，在有關夷人的文獻材料方面也以有關徐人的最為豐富，因而要想瞭解夷人的歷史和文化，徐夷無疑是一個最理想的研究對象。研究徐國的歷史和文化會有助於我們加深瞭解夷、夏從相互爭鬥到相互融合的歷史進程，同時也會有助於我們進一步瞭解南方諸國尤其是吳、越、楚、群舒與徐國文化之間相互影響的關係。

二、前人在徐國歷史和考古學研究領域所取得的成績

由於史料的極端匱乏，徐國歷史和文化研究長期處於停滯不前的狀態，解放前，只有徐中舒、徐旭生、郭沫若等少數幾位著名學者在他們的著作中對徐國史或徐國銅器作過一些討論，解放後也只有顧頡剛、蒙文通、李學勤、陳公柔等少數幾位著名學者在他們的著作中對徐國史或徐國銅器略有涉及。這些著名學者的研究各有獨到見解。下面將他們在徐國歷史和文化研究領域所取得的成果綜述如下。

徐中舒先生在清華大學國學研究院所作的畢業論文《徐奄、淮夷、群舒考》〔註1〕中對薄姑、徐奄、淮夷、群舒之間相互關係有著精闢的分析，認為這四者之間關係有著極為密切的關係，他尤其指出，「春秋淮南之地有群舒之國：曰舒、曰舒黎（或曰黎）、曰舒庸、曰舒鳩、曰英、曰六、曰宗、曰巢，皆徐之別封也。以文字言之，舒為徐之訛字……以地理言之，徐與舒壤地相接，又同為從齊、魯南遷之民族。……故由文字、地理及南遷之迹觀之，群舒為徐之支子餘胤之別封者，不待言也」。這個觀點與近幾十年來的考古發現有頗多吻合之處。

〔註1〕徐中舒：《薄姑、徐奄、淮夷、群舒考》，《四川大學學報》1998 年第 3 期。

　　徐旭生先生在其代表作《中國古史的傳說時代》〔註2〕中專門闢出一章的篇幅來討論徐國歷史上諸如徐偃王、徐楚關係等若干重要問題，對與徐國相關的史料作了較全面、系統的整理。他認為「『徐』『舒』二字，古不只同音，實即一字。群舒就是說群徐。別部離開它們的宗邦，還帶著舊日的名字：住在蓼地的就叫作舒蓼，也就是徐蓼；住在庸地的就叫作舒庸，也就是徐庸。這一群帶著舒名的小部落全是從徐方分出來的支部。離開宗邦的時候稍久，所用的字體也許小有不同，由於不同的字體記出，群徐也就變成了群舒。這些部落也各有君長，但全奉徐為上國，大約沒有疑義」。

　　郭沫若先生在《兩周金文辭大系圖錄考釋》〔註3〕一書中，對徐國青銅器和徐國文化有著很高的評價，他《初序》中寫道，「徐楚乃南系之中心，而徐多古器，舊文獻每視荊舒為蠻夷化外，足證乃出於周人之敵愾。徐楚均為商之同盟，自商之亡，即與周為敵國，此於舊史有徵。而於宗周彝銘，凡周室與『南夷』用兵之事尤幾於累代不絕。故徐楚實商文化之嫡系，南北二流實商文化之派演」。

　　顧頡剛先生在《徐和淮夷的遷留》〔註4〕一文中對徐和淮夷的遷徙、流變作了詳細的考證，並在潘光旦先生所作研究的基礎上，對徐與浙、閩、贛一帶畬民的淵源關係作了令人信服的考證。

　　蒙文通先生在《越史叢考》〔註5〕的結語中指出，「徐戎久居淮域，地接中原，早通諸夏，漸習華風……徐衰而吳、越代興，吳、越之霸業即徐戎之霸業，吳、越之版圖亦徐戎之舊壤，自淮域至於東南百越之地，皆以此徐越甌閩之族篳路藍縷，胥漸開闢……」。蒙文通先生的這一論斷值得重視，它正為越來越多的考古發現所證實。

　　李學勤先生在《東周與秦代文明》〔註6〕一書和《從新出青銅器看長江下游文化的發展》〔註7〕一文中結合文獻首次對從糧王到章禹共五位徐王的世系作了

〔註2〕徐旭生：《中國古史的傳說時代》，文物出版社，1985年。

〔註3〕郭沫若：《兩周金文辭大系圖錄考釋》，上海古籍出版社，1999年。

〔註4〕顧頡剛：《徐和淮夷的遷留》，《文史》第三十二輯，中華書局，1990年。

〔註5〕蒙文通：《古族甄微》，巴蜀書社，1993年。

〔註6〕李學勤：《東周與秦代文明》，文物出版社，1984年。

〔註7〕李學勤：《從新出青銅器看長江下游文化的發展》，見《新出青銅器研究》，文物出

排列，並對若干徐器進行了科學的分期、斷代；他在《春秋南方青銅器銘文的一個特點》〔註8〕中指出春秋時期，以徐國爲代表的南方列國青銅器銘文與中原和北方相比一個重要差異是，南方列國銘文「器主常在自己的名字前冠以先世的名號，最多見的是某人之孫、某人之子，少數還有記出其它血緣關係，以至君臣關係的」。

陳公柔先生在《徐國青銅器的花紋、形制及其它》〔註9〕一文中較系統地對徐器的紋飾、形制作了類型學的研究，他將徐國銅器分爲四群：徐王糧鼎器群，庚兒鼎器群，徐王義楚器群和瘮鼎器群；將徐國銅鼎分爲沿耳淺腹鼎，附耳深腹鼎和湯鼎三類；將徐器紋飾分爲獸面紋，蟠虺紋與蟠螭紋，以及三角紋塡以勾線雲紋三類。這是迄今爲止所見研究徐國青銅器最爲全面和系統的一篇論文。

另外值得重視的是，近年來，在徐人活動中心的淮泗流域，以及在長江以南的蘇南、浙江、江西、湖南和湖北等地多次發現了具有獨特風格的徐器，每當有徐國銅器出土或發現時，總會有一些研究徐國史和徐國銅器的文章緊接著發表，如彭適凡、曹錦炎、董楚平、劉彬徽、李家和、劉詩中、顧孟武、李修松、萬全文、王迅、李世源、毛穎、張敏等先生在這方面的論著均頗有見地。

彭適凡先生在《有關江西靖安出土徐國銅器的兩個問題》〔註10〕中首次依據徐器銘文的字體特點將若干典型徐器分爲四期。他在《談江西靖安徐器的名稱問題》〔註11〕中，根據徐器銘文材料對盥盤、爐盤及炭箕等類器物的名稱進行了規範。

曹錦炎先生在《紹興坡塘出土徐器銘文及其相關問題》〔註12〕一文中通過對紹興 306 墓所出銅器進行分析，認爲該墓與徐人勢力進入浙江有關。他在

版社，1990 年

〔註8〕 李學勤：《春秋南方青銅器銘文的一個特點》，見馬承源主編《吳越地區青銅器研究論文集》，香港兩木出版社，1998 年。

〔註9〕 陳公柔：《徐國青銅器的花紋、形制及其它》，見馬承源主編：《吳越地區青銅器研究論文集》，香港兩木出版社，1998 年。

〔註10〕 彭適凡：《談江西靖安徐器的名稱問題》，《文物》1983 年 6 期。

〔註11〕 彭適凡：《有關江西靖安出土徐國銅器的兩個問題》，《江西歷史文物》1983 年第 2 期。

〔註12〕 曹錦炎：《紹興坡塘出土徐器銘文及其相關問題》，《文物》1984 年第 1 期。

《春秋初期越爲徐地說新證》〔註13〕和《越王姓氏新考》〔註14〕中，結合考古、文獻、方志等多方面材料，證實郭沫若先生關於「春秋初年之江浙，殆尤徐土」的推論，還證實了越王室與徐國的（者旨）諸暨氏有關。

董楚平先生在《吳越徐舒金文集釋》〔註15〕一書中對徐國銅器銘文作了較全面、系統的收集和整理，並對若干銘文的解釋提出了新的看法。他還在《金文鳥篆書新考》〔註16〕一文中首次對帶有鳥篆銘文的《徐王義楚劍》作了介紹。

劉彬徽先生在《吳越地區東周銅器與徐楚銅器比較研究》〔註17〕一文中，從器物的組合、形制、紋飾、銘文等方面對吳越銅器與徐楚銅器作了多角度的比較研究，並根據器物的形制、紋飾特點指出出土於六和程橋 M1 的臧孫鐘、M3 的羅兒匜當是「鑄器於吳國，而器主之族屬則爲徐人」，這一觀點值得重視。

李家和、劉詩中先生在《春秋徐器分期和徐人活動地域試探》〔註18〕一文中對部分徐器作了分期，並根據徐器的出土分佈情況對徐人的活動地域進行了探討，認爲「春秋中晚期以降，徐人不僅確實遷來江西贛江流域和江浙一帶，而且足跡也可能達到的湘江流域和廣東地區」。白堅（李家和）、劉林先生在《從靖安、貴溪出土徐器和仿銅陶器看徐文化對南方吳越文化的影響》〔註19〕一文中，通過將靖安、貴溪出土徐器和仿銅陶器與湘、贛、浙、蘇等地同時期相似器物進行比較研究後，認爲「在江南地區的春秋時期，除了湖南而外，楚文化的影響可能遠不及徐文化影響的深遠」。「徐人文化和勢力很有可能是先於楚人而入於江南的，而後才逐漸爲楚人和楚文化代替，並最終滅於楚」。

〔註13〕曹錦炎：《春秋初期越爲徐地說新證》，《浙江學刊》1987 年第 1 期。

〔註14〕曹錦炎：《越王姓氏新考》，見《中華文史論叢》1983 年第 3 輯，中華書局。

〔註15〕董楚平：《吳越徐舒金文集釋》，浙江古籍出版社，1992 年。

〔註16〕董楚平：《金文鳥篆書新考》，《故宮學術季刊》（臺灣），第 12 卷第 1 期，1994 年。

〔註17〕劉彬徽：《吳越地區東周銅器與徐楚銅器比較研究》，見馬承源主編《吳越地區青銅器研究論文集》，香港兩木出版社，1998 年。

〔註18〕李家和、劉詩中：《春秋徐器分期和徐人活動地域試探》，《江西歷史文物》1983 年第 1 期。

〔註19〕白堅、劉林：《從靖安、貴溪出土徐器和仿銅陶器看徐文化對南方吳越文化的影響》，《江西歷史文物》1981 年。

顧孟武先生在《有關淮夷的幾個問題》〔註20〕一文中，對淮夷與九夷、淮夷與西周王朝、淮夷與徐、舒的關係等重要問題作了深入的探討，他認為，「最初還是徐從舒出，皋陶偃姓，而群舒為偃姓國，自為嫡支。少昊集團中偃、嬴之別，即為區分『嫡』『庶』而起⋯⋯徐之社會發展程度既然高於群舒⋯⋯它當然不希望在自己的國名上再有什麼鳥圖騰的殘跡，而力圖加深徐與群舒的鴻溝了」。

李修松先生在《淮夷探論》〔註21〕、《徐夷遷徙考》〔註22〕和《塗山彙考》〔註23〕三文中對淮夷的族源、淮夷的分支、淮夷的歷史地位、塗山氏與徐夷的關係、徐夷的遷徙等問題進行了周密的考證，認為徐人是淮夷勢力的代表，塗山氏即夏以前的徐夷，懷遠、紹興、江州三地的塗山均與徐人的遷徙有關。

萬全文先生在《徐楚青銅文化比較研究論綱》〔註24〕、《徐國青銅器略論》〔註25〕和《徐國青銅器研究》〔註26〕三文中對徐、楚兩國青銅器從二者分佈地域、出土數量、器形、紋飾風格、器物組合方式、社會、文化前景等方面作了深入的比較研究，他認為從徐器中保存有較多商文化因素可以看出徐人較為保守、戀舊。

王迅先生在《東夷文化與淮夷文化研究》〔註27〕一書中，在廣泛收集和系統整理大量考古資料的基礎上，分夏、商、周三個階段對東夷文化和淮夷文化進行了論定，並結合傳說和文獻對東夷和淮夷各分支族系的源流進行了考證，對夷人的禮俗也作了初步的探索。他認為「徐國銅器與群舒故地出土的銅器，在器形、花紋等方面，也存在著共同特徵⋯⋯徐夷在西周、春秋時期使用的文化主要是淮夷文化」。

李世源先生的《古徐國小史》〔註28〕一書，是研究徐國史的第一部專著，

〔註20〕顧孟武：《有關淮夷的幾個問題》，《中國史研究》1986 年第 3 期。

〔註21〕李修松：《淮夷探論》，《東南文化》，1991 年第 1 期。

〔註22〕李修松：《徐夷遷徙考》，《歷史研究》1996 年第 4 期。

〔註23〕李修松：《塗山彙考》，《中國史研究》1999 年第 2 期。

〔註24〕萬全文：《徐楚青銅文化比較研究論綱》，《東南文化》1993 年第 6 期。

〔註25〕萬全文：《徐國青銅器略論》，《文物研究》總第 7 輯，黃山書社，1991 年。

〔註26〕萬全文：《徐國青銅器研究》，《故宮文物月刊》（臺灣）第 16 卷第 1 期，1998 年。

〔註27〕王迅：《東夷文化與淮夷文化研究》，北京大學出版社，1994 年。

〔註28〕李世源：《古徐國小史》，南京大學出版社，1990 年。

作者主要利用文獻資料對徐族的起源、徐與商、周王朝及齊、魯、吳、楚等國的關係進行了探討，論證了「虎方」即「徐方」說、徐夷、淮夷為部落聯盟說。

毛穎、張敏先生的《長江下游的徐舒與吳越》一書對徐舒考古學文化作了細緻的梳理和分析，並對徐舒與邗、吳、越等文化的關係進行了深入的探討。

當然研究徐國歷史和文化的論著還有很多，由於受本文體例所限，這裏只能就其中有代表性的觀點作一簡要的介紹，難免會有掛一漏萬之嫌。儘管如此，我們仍可從上面的介紹中大體瞭解到前人在徐國史和徐國銅器研究領域所取得的主要成果。

總的來看，儘管如上所述，徐國歷史和文化研究取得了一定的成績，但與其它先秦中原之外的區域文化研究（如巴蜀文化、荊楚文化、吳越文化等）所取得的豐碩成果相比，徐文化研究是相當滯後的，這種狀況與徐國在先秦時期所發揮的重要作用相比是極不相稱的。

長期以來，由於受考古學條件的限制，徐國歷史和文化研究中有很多關鍵問題，如：徐國都城的位置、徐國大墓的形制、禮器的組合、青銅文化的整體面貌等都無法得以解決。學者們在對徐國歷史和文化進行研究時常有「巧婦難為無米之炊」的慨歎，正如陳公柔先生在《徐國青銅器的花紋、形制及其它》〔註29〕一文中所說的那樣，「迄今為止，還未能見到一座完整的，可以指出確為徐國的墓葬……因此，不能知道作為隨葬禮器的組合方式，共出遺物以及進一步考察其文化內涵」。徐中舒先生在生前之所以一直沒有將其在清華大學國學研究院畢業前所作得意之作《徐奄、淮夷、群舒考》拿出來發表，很可能就是出於該文結論尚缺乏充分、必要的考古材料相印證的考慮，所以儘管指導該文的梁啓超先生對這篇論文給予很高評價，認為該文「從音訓及金文款識以貫串傳注，精思獨闢，有左右逢源之樂」，但是在沒有找到充分的考古學材料相印證時，徐老寧可將這篇論文一直珍藏起來，也不願輕意拿出發表，以免萬一推論不慎，誤導學人。徐先生的這篇論文最後是其家人在他去世後，才從他書箱底發現，然後交由《四川大學學報》發表（題目改為《薄

〔註29〕陳公柔：《徐國青銅器的花紋、形制及其它》，見馬承源主編：《吳越地區青銅器研究論文集》，香港兩木出版社，1998年。

姑、徐奄、淮夷、群舒考》〔註30〕），前輩學者治學態度之謹嚴由此可見一斑，在學風浮躁的今天，徐老這種嚴謹求實、淡泊名利的學者風範不能不令人肅然起敬。這件事同時也從另外一個側面反映出治徐國史者單憑自身力量所無法克服的一個困難，那就是相關徐國考古材料的極端匱乏，這個不利因素嚴重地制約了徐國歷史和文化研究向縱深發展，而這也正是徐國歷史和文化研究長期處於滯後狀態的癥結所在。

三、徐國青銅器研究中亟待解決的問題

如上所述，受考古學條件的制約，徐國歷史和文化研究中有很多關鍵問題如，徐國都城的位置、徐國大墓的形制、禮器的組合、青銅文化的整體面貌、徐國王族的世系等都無法得以解決。而且對徐偃王的時代、徐國文化與群舒、吳、越、楚等文化之間相互影響的關係、及若干重要徐器銘文的考釋等問題，學術界長期以來也一直有著不同的看法。

我們認為要想將徐國歷史和考古學研究推向深入，就不可避免地會遇到上述問題，而要解決這些問題則還必須在很大程度上依賴於相關考古材料的發現和研究。

四、本文寫作的基本思路和方法

本文寫作的基本思路是由點及面，由個案推及一般。我們先從對江蘇邳州九女墩三號墩考古發掘材料進行整理入手，通過對該墓所出《𫆀乍編鐘》銘文的考釋，並參照對該墓所出其它器物所表現出的時代特點和地域風格的分析，指出這是一座徐國王族墓葬。由於該墓形制及所出器物與九女墩二號墩十分相似，我們又對《䣄巢編鐘》的銘文進行了新的考釋，認為該鐘應為徐器，結合其它相關因素，我們認為九女墩二號墩也是一座徐國王族墓葬，進而又得出邳州九女墩大墓群為徐國王族墓群的結論。接著聯繫史籍和地方志中的相關記載，我們對九女墩大墓群附近的梁王城、鵝鴨城遺址的性質進行了考證，認為它們與春秋時期徐人在這一帶的活動有關，很可能是徐國的都城。然後又結合邳州九女墩大墓群的考古發掘材料，對徐國銅器銘文和徐國青銅器進行了較為全面、系統的分析和整理，對若干有爭議的徐國銅器銘文和徐國青銅器進行

〔註30〕徐中舒：《薄姑、徐奄、淮夷、群舒考》，《四川大學學報》1998 年第 3 期。

了新的考證。在此基礎上我們對徐國銅器銘文和徐國青銅器的特點進行了分析和歸納，並對徐文化和徐國的社會狀況作了初步的探討。

　　本文在方法上以王國維先生所率先倡導的「古史二重證」的方法爲指導，以考古材料爲基本素材，緊密結合文獻記載和銘文材料，同時參照當地有關民間傳說和民族志材料，力爭從多角度、多層次考證徐國古史和徐國青銅文化。在對徐國銅器銘文和徐國銅器進行分期、斷代時，我們先將一部分有相對紀年的金文和銅器（即器主人名可與文獻記載相印證者，如義楚器群）作爲標準器，然後拿其與其它待確定年代的金文和銅器相比較，同時參照別國年代較明確的銅器，來定出這部分待確定年代的徐國銅器銘文和銅器的相對年代。在對梁王城、鵝鴨城遺址的性質進行考證時，我們以相關考古發掘和調查材料爲主要依據，同時還引用了《左傳》、《後漢書》、《水經注》、《邳州志》和《邳志補》等文獻記載進行印證，並結合古文字材料和當地有關的民間傳說進行論證，最後得出梁王城、鵝鴨城遺址爲春秋晚期徐國都城遺址的結論。

第一章 徐國故地出土青銅器的發現與研究

第一節 邳州九女墩徐國貴族大墓群的發掘與研究

九女墩二號、三號、五號、六號墩座落於邳州市戴莊鄉禹王山東北麓，位於春秋時期古城址梁王城與鵝鴨城之間，西北距梁王城 2000 餘米，東距鵝鴨城 300 米。四號墩距上述四墓東北約 2 公里，位於青崗山東北麓。由於九女墩三號墩未被盜擾，資料比較完整，故在這裏作詳細介紹。

（一）江蘇邳州九女墩三號墩的發掘及相關問題

九女墩三號墩封土墓位於江蘇省邳州市戴莊鎮西約 2 公里處，處在禹王山與青崗山之間的低緩山坡上，其東約 60 米爲九女墩二號墩〔註1〕，其東南 250 米處爲鵝鴨城遺址，其西約 2 公里處爲梁王城遺址，這一帶分佈著十餘個封土堆大墓，當地傳說是梁王九個女兒的墳墩，俗稱九女墩，1993 年春邳州市博物館發掘了九女墩三號墩（附圖一），編號爲 93PJM3（下文簡稱 M3）。

1、封土與墓葬形制

M3 封土呈饅頭狀，發掘前高出地面約 3 米（1959 年文物普查時高出地面

〔註1〕 南京博物院等：《江蘇省邳州市九女墩二號墩發掘簡報》，《考古》1999 年第 11 期。

約 8 米），底徑約 35 米。墓的封土分爲三層。

第一層爲耕土層，厚 20～40 釐米。黃色沙土，土質疏鬆。

第二層爲夾沙五花土層，厚 2.8～2.9 米。塡土均經過層層夯實，夯窩密集，清晰可見，每隔 20～30 釐米爲一層。此層下發現墓葬開口。

第三層爲黃褐色夾沙土層，厚 2～3.5 米。

第三層下爲黃斑生土層。

墓葬平面略呈方形，東西長 9.8～11.6、南北寬 9.5、深 3.1～3.2 米。墓室可分爲前室、主室、側室、兵器車馬器坑、陪葬坑及生土祭祀臺等部分。墓底四周留有 60 釐米寬、80 釐米高的生土二層臺。主室內有朽爛的棺木板和板灰痕跡，板灰寬約 4 釐米。除主室外，其它各坑、室均有用席鋪地的痕跡。墓室四壁塗有一層紅泥漿，光滑油亮，紅光耀眼（附圖二）。

前室位於墓室南部，東西長 5.6、南北寬 4 米。內有人骨 4 具（編號爲 PG1-4），頭向均朝北，爲仰身直肢。樂器及大部分禮器均出自前室，主要有編甬鐘、鎛鐘、鈕鐘、石磬、銅鼎、豆、盤、爐、鋸、錛、鐮、削、杖飾、陶罐、鬲等，共 75 件（組）。

主室位於前室的北部，東西長 3.5、南北寬 3.2 米。主室四周築有寬 20～30、高約 80 釐米的土牆，室內有一棺一槨的板灰遺跡。內有兩具人骨架痕跡（編號爲 YG1-2），僅見白色骨灰。主室隨葬品主要有銅劍、削、玉璧、璜、串珠、海貝、陶罐等，共 39 件（組）。

兵器、車馬器坑位於主室北部，內有人骨一具（PG11），葬式爲側身直肢面南，頭向朝西，頭旁置一陶罐、一紡輪。屍首用席包裹（該墓除墓主有棺槨外，其餘人屍骨均只用席包裹，下同。）該坑出有銅戈、鈎、矛、鏃、削、轄、軎、轅飾、馬銜及角鑣等，共 178 件（組）。

東側室內有人骨三具（PG8-10），頭向均朝西，爲仰身直肢，頭旁均各置一陶罐、一紡輪。東側室的東部爲掏洞而成。西側室內有人骨三具（PG5-7），頭向均朝北，爲仰身直肢，中間一具頭部置銅尊、盤、壺各一。其餘兩具頭旁均各置一陶罐、一紡輪。

在墓室的西側分佈著南、北兩個陪葬坑，北陪葬坑內有人骨三具（PG12-14），頭向朝東，仰身直肢，頭旁均各置一陶罐。南陪葬坑內有人骨兩具（PG15-16），西邊一具頭向朝北，東邊一具頭向朝南，爲仰身直肢，頭旁均

各置一陶罐。南陪葬坑西側有兩級臺階，上接在墓壁上做出的由墓室西南角向西北角延伸的寬約 60 釐米的斜坡墓道。在南陪葬坑與前室之間有一長方形生土臺，長 2、寬 1.5、高 1.3 米，上面堆放有大量的動物骨骼，有燒過的痕跡。

2、出土器物

出土器物共計 310 件（組），種類有青銅器、石器、陶器、骨角器、玉器等（三號墩部分器物圖見附圖三至七）。

（1）青銅器

共 222 件。保存較差，多未復原。器類有鼎、鬲、豆、壺、尊、盤、編鐘、戈、劍、鏃、鋸、削、車馬器等。

鼎 6 件，分四型。

A 型，獸首鼎，1 件，M3：41，附耳，口曲，深腹，底較平緩，三蹄形足較矮小，鼎前伸出一獸首，圓目突出，獸首上聳兩犄角，角上飾羽翅式獸體捲曲紋，內填三角形雷紋，頸、腹交界處飾一周繩紋，頸、腹部均飾蟠蛇紋。獸首內空與鼎腹連接，獸嘴無孔，不起流的作用。鼎後有脊棱作尾。底有煙炱痕跡。口徑 20、通高 23.6 釐米。

B 型，罐形鼎，1 件，M3：39，直口，方唇，短直頸，鼓腹、圓肩，圜底，三蹄形足較粗矮。肩上有兩耳，為圓雕立虎形狀，虎身下穿有套環。肩上飾一周三角紋，內填雲雷紋。肩及腹部有四道繩紋。腹部飾以三角雲雷紋組成的菱形紋。底為素面。覆盤形平蓋上飾以菱形圖案為地紋。以兩蟠螭頭回首相顧而形成的環鈕為中心，蓋上鑄有立雕虎、鹿四組，一、二組分別為四立虎兩兩相對，第三、四組分別為四虎四羊，虎與羊間隔著排列立於蓋的邊緣。鼎肩部有銘文，惜殘泐過甚，無法識讀。底部有煙炱痕跡。口徑 22.4、通高 33.8 釐米。

C 型，湯鼎，1 件，M3：62，小口、短直頸、扁球形腹、三蹄形足、肩上有兩環狀立耳作雙頭蟠螭曲體拱背之狀，蟠螭為方頭、豎耳、圓睛、鱗紋頸。覆盤形平頂蓋中央有一橋形鈕，邊上另置三個兩頭翹起立獸形圓鈕。底有煙炱痕。口徑 19、高 32.8 釐米。

D 型，盆形鼎，3 件，形制、紋飾基本相同，大小依次遞減。M3：35，子母口內斂，有兩長方形附耳立於肩上，微侈，弧壁內收成圜底，三蹄形足根部飾羽翅式獸體捲曲紋。通體飾有細勾連雷紋，腹部有一周繩紋，底部有煙炱痕

跡。覆盤狀弧形蓋面上飾勾連雷紋，上有三圓形鈕。口徑 29、高 24.8 釐米。

鬲，1 件，M3：38，僅存口沿，子母口，束頸，口徑 20.8 釐米。

方形器，1 件，M3：50，爲上下兩長方形盤狀器合鑄而成，底有四足，上盤四頂角呈攢尖狀向外撇出，下盤四面均無堵。通體無紋飾，長 21、寬 16.7、高 11 釐米。

豆，5 件，大小、形制基本相同。M3：54，子母口，腹較深，柄細長，喇叭形豆把，豆把中空，圈足下部直折。蓋呈覆碗狀，有圓餅狀捉手。通體素面。口徑 17、高 19.6 釐米。

壺，1 件，M3：64，方唇敞口，口沿外撇，頸部較長，腹部較鼓，束腰平底。肩部有兩蛇形環鈕，套有十個環相連組成提鏈，蓋上亦有兩環鈕，各套一銅環，與提鏈套起。提梁呈兩蛇曲體拱背之狀，蓋上飾蟠蛇紋。壺頸飾一周交龍紋，腹部飾交織套結成網格狀的絡紋，將腹部分成三段數小區，各小區內填蟠蛇紋。口徑 10.4、高 24.4 釐米。

尊，1 件，M3：79，三段式尊，侈口，高頸，斜肩，扁鼓腹，高圈足外撇，下接高 1 釐米的直裙，頸下端和圈足上端各飾一周細密的鋸齒紋和纖細的交連雲紋。腹壁上、下以連珠紋爲欄，其間滿飾雙鈎變形獸面紋，在扁薄突起的細道之間配以細線紋，並布滿極細小的棘刺紋。棘刺已斷，僅存根部。殘口徑 19.6、殘高 18.7 釐米。

龍首盉，1 件，M3：49，直口，圓鼓腹，三蹄形足，圜底。流爲龍首狀，龍頭上兩犄角上卷，頭上飾羽翅式獸體捲曲紋，頸及胸部飾有鱗紋，胸下有一周繩紋。鋬爲透雕立龍狀。口徑 15.6、通高 19.4 釐米。

罍，1 件，M3：51，形制碩大。直口，折沿，短頸，圓肩，深腹，平底下承三個小短足，肩飾一周三角形紋，內填變形蟠蛇紋，有繩紋四道將腹部分割爲三個區域，內填細密的蟠蛇紋。罍底印有席紋。口徑 33.5、底徑 31 釐米。

缶，1 件，M3：55，僅存缶底。圈足，底印有席紋。底徑 17 釐米。

盤，5 件，大小、形制、紋飾基本相同。M3：34，口沿方折，頸略收，肩稍斜，腹部直緩，平底，腹部飾兩道繩紋，頸、腹部均飾細密、整齊的蟠蛇紋。腹下部飾兩周三角紋，內填蟠蛇紋。口徑 25.2、高 8.8 釐米。

爐盤，1 件，M3：53，整體厚重，形制較大。分盤體和底座兩部份。盤爲直口，折沿，斜折腹，平底。盤口沿兩面各爬有一虎，前二爪抓盤口沿，嘴銜

盤沿，虎耳豎立，尾巴翹起。盤肩有兩環形鈕，套有提鏈。頸、肩部飾蟠蛇紋。底座為長方框，上置有二十餘根小支柱（因缺一角，故不知確數），一端接方框底座，另一端承盤體。長 52、寬 38、高 26 釐米。

杖飾，一副，M3：60，分杖首和杖鐓兩部分，均飾浮雕交龍紋，杖首頂端有蘑菇狀突起，其內均插有木棍。杖首長 8、直徑 3 釐米。杖鐓長 11、直徑 3 釐米。

編鐘共計 19 件，M3：1～19，其中甬鐘 4 件、鎛鐘 6 件、鈕鐘 9 件。（測量數據見附表一至三）。

甬鐘，M3：1～6，形制、紋飾基本相同，大小依次遞減。甬為八棱柱狀，內存紅色陶土範芯。甬上端稍細，下部漸粗，斡、旋俱備。銑棱略顯弧度，銑角部微微內斂。鼓部較闊，於口弧曲稍大。甬面、衡部飾細密的羽翅式獸體捲曲紋。鐘體表面以陽線框隔枚區，枚作二節圓柱狀。鉦部素面，篆間和鼓部也飾羽翅式獸體捲曲紋，其細部填飾卷雲紋、櫛紋及三角紋。舞面紋飾與鼓面相同，十分精緻。各甬鐘於口內均有調音銼磨痕跡，且四側鼓部內面均有修長的音梁，長 15.5 至 21 釐米，寬 3.7 到 4 釐米不等。

鎛鐘，M3：7～10，形制、紋飾基本一致，大小相次成一組。上為扁形複鈕，由兩對大龍及兩對小龍糾結而成。平舞、平於口、銑棱直。紋飾華麗精緻，與同出甬鐘一致。陽線框隔枚區，枚呈螺旋形，篆間飾細密的羽翅式獸體捲曲紋，舞及鼓部飾羽翅式獸體捲曲紋，細部填雲紋、櫛紋、三角紋等。編鎛於口內鑄有內唇，唇呈帶狀，唇上有調音時留下的銼磨痕跡。其中 1 號鎛內唇因調音而銼磨幾盡，4 號鎛也有很清楚的調音銼磨痕跡，2 號鎛內唇大部留存，但銼磨痕跡也很明顯。

鈕鐘，M3：11～19，形制、紋飾基本一致，大小相次成一組。鐘體厚實，聲音宏亮，表面銹蝕較輕，銅胎較好。長方形鈕，銑棱齊直，於口弧曲較大。鈕為素面，舞、篆間均為夔龍紋。鼓部為交龍紋，兩兩相對，龍身以雷紋為地，十分精緻。鉦部及兩銑均有銘文。九鐘銘文大體相同，僅行款略有差異，各鐘銘文均有殘泐，合各鐘可得銘文如下：

> 唯正月初吉丁（亥），徐王之孫 ⿰⿱尸⿱コ丮 乍，擇其吉金，鑄其和鐘，以享以孝，用祈眉（壽），子子孫孫，永保用之。

　　枚作螺旋形，有 36 枚。11～13 號鐘內腔平整，四側鼓部內面均有音原殘痕，形狀爲橢圓環形，略高起。於口內沿有明顯的調音銼磨痕跡，正鼓部較深，兩銑較淺。14～16 號鐘口部銼磨較甚，正鼓部極薄。17、18 號鐘音原明顯高隆，正鼓部於口已銼磨得很薄，兩銑角也銼磨較甚。19 號鐘保存了較完整的內腔音原結構，未作太大的調音銼磨，音原高隆完整，於口部銅胎厚實。該組鈕鐘均能發音，音質很好。這三套編鐘均爲經過鐘師精心製作、并反複調試過的實用樂器。

附表一　邳州市九女墩三號墩鎛鐘登記表

| 編號 | 通高 | 重量 | 中長 | 鈕 | | | 舞 | | 正鼓 | | 側鼓厚 | 銑 | |
				高	上寬	下寬	修	廣	厚	間徑		長	間徑
1	36.3	/	35.2	11.5	5.5	22.0	28.0	23.2	1.4	27.7	2.0	36.3	33.5
2	32.5	/	32.1	/	/	/	26.0	20.0	1.6	24.5	2.0	32.5	32.7
3	30.0	12.0	29.0	/	/	/	23.8	19.7	/	24.0	/	29.7	29.0
4	35.9	11.6	26.5	10.0	/	/	22.1	27.2	/	19.0	/	27.0	27.4
5	33.0	8.0	24.3	9.5	/	/	19.7	15.3	/	14.6	/	24.3	23.4
6	31.2	6.9	22.0	8.6	/	/	18.5	13.4	/	/	/	22.0	23.0

單位：釐米　千克

附表二　邳州市九女墩三號墩甬鐘登記表

編號	通高	重量	中長	舞修	舞廣	鼓厚	鼓間	側鼓厚	銑長	枚長
7	殘 41.0	/	33.5	28.0	23.0	0.9	25.5	1.7	41.0	3.8
9	殘 34.8	20.2	26.7	22.8	18.4	1.6	21.0	1.5	34.9	3.2
10	殘 32.2	15.4	25.1	20.7	17.0	1.5	19.7	1.9	31.5	3.0

單位：釐米　千克

注：8 號鐘破損嚴重，數據暫缺。

附表三　邳州市九女墩三號墩鈕鐘登記表

| 編號 | 通高 | 重量 | 中長 | 鈕 | | | 舞 | | 正鼓 | | 側鼓厚 | 銑 | |
				高	上寬	下寬	修	廣	厚	間徑		長	間徑
11	22.9	2.5	15.8	4.6	2.3	2.9	12.2	9.2	0.45	10.6	0.7	18.7	14.5

12	殘 17.6	1.85	14.7	/	/	/	11.1	8.2	0.5	9.6	0.6	17.6	13.5
13	20.0	1.9	13.5	3.8	2.0	2.3	10.0	7.6	0.45	9.4	0.6	16.5	12.2
14	19.6	1.5	13.2	4.0	2.2	2.65	9.3	6.8	0.35	8.5	0.6	15.8	11.4
15	18.0	1.2	12.1	3.9	2.3	2.6	8.6	6.2	0.3	7.8	0.6	14.1	10.1
16	16.8	1.1	11.2	3.4	2.2	2.45	8.0	5.6	0.4	7.0	0.7	13.3	9.5
17	15.7	1.0	10.3	3.6	2.1	2.4	7.1	5.2	0.4	6.5	0.8	12.2	8.4
18	13.8	0.8	9.2	3.1	2.1	2.4	6.8	5.1	0.3	6.2	0.6	10.9	7.9
19	殘 10.4	0.7	8.7	/	/	/	6.0	4.7	0.8	5.8	1.0	10.4	7.2

單位：釐米　千克

劍，3件，分三式。

A式，M3：91，圓盤形劍首，劍莖呈多棱形，上有兩道凸箍，莖上纏以絲繩，劍格上鑲以綠松石，劍身滿飾白色鱗形暗紋。兩從斜弧於近鋒處收狹，然後前聚成鋒。長45.6、寬4釐米。

B式，M3：93，劍莖尾部殘，有兩道凸箍，有劍格。中脊起線，兩從斜弧，雙刃略呈弧形，於近鋒處稍收，然後前聚成鋒。長47、寬4釐米。

C式，M3：92，圓盤形劍首，劍莖光滑無凸箍，圭形劍身，近鋒處無明顯收束，鋒尖折斷。出土時有劍鞘，已朽。長50、寬4釐米。

戈，13件，分三式。

A式，2件。M3：123，戈援較長，微弧，鋒呈三角形，胡部有三個鋒利的小子刺。胡上有四穿。通長33釐米。

B式，2件。M3：125，與A式基本相同，只是胡上沒有小子刺，胡上有三穿。通長23.2釐米。

C式，9件。M3：97，援部寬扁，近鋒處無明顯收束，胡部較寬，胡上有三穿。通長24釐米。

鉤，2件。分兩式。

A式，1件，M3：128，鉤下有三個鋒利的小子刺。通長14.9釐米。

B式，1件，M3：124，鉤下有兩個鋒利的小子刺。通長14.2釐米。

鏃頭，80枚，分兩式。

A式，29件，M3：132，頭呈菱形，後柄較長，尾為粗棱。長7.9釐米。

B式，51件，M3：112，頭呈菱形，有燕尾形長翼。長7.4釐米。

鐏，1件。M3：122，套於戈、矛柄之下端，以便插於地上。呈圓椎管狀，頭尖圓。內有殘柄。長16釐米，後孔徑3.2釐米。

鋤，3件。M3：43，裝柄處有一孔。長16.5釐米。

錛，4件。M3：52，有刃、光面，銎上有木柄。爲雙範合鑄而成。長14.6釐米。

鏟，2件。M3：130，長方形銎，寬體，方肩，平刃。長11.4、寬8.5釐米。

鐮，4件。M3：47，直口，圓頭，後有裝柄用的圓銎，鐮面上飾篦紋。長13.8、寬3釐米。

鋸，1件。M3：42，青銅鋸片嵌入有柄的木條之中，木柄上有兩凹槽，鋸齒細密。連柄長34.8釐米。

鑿，1件。M3：45，長方形銎，狹體，弧刃，刃部兩側略翹起。長11.9、寬1.8釐米。

削，6件。分三式。

A式，1件。M3：48，柄首爲橢圓形環狀，平背，平刃，鋒尖較鈍。長21.9、寬2.3釐米。

B式，1件。M3：46，柄首爲橫條狀，背微凸。長26.7、寬1釐米。

C式，4件。M3：44，長條形柄，無柄首，平背，刃微凹。長25.9釐米。

車飾件，分兩型。

I型，4件。M3：106，長方筒形，下端有六齒，中部有一把手。通體飾饕餮紋，齒上飾蟬紋。長18釐米。

II型，2件。M3：102，扁方筒形，下端有六齒。通體飾粗獷勾連雲紋，齒上飾蟬紋。長9.6、寬6、厚2.2釐米。

轄、軎，16套。M3：116，軎爲圓筒形，兩側有轄孔，通體飾細鱗紋。轄爲長條形，一端呈獸首狀。高6.8、上徑4.9、底徑7.8釐米。有些轄、軎在尺寸、紋飾上略有不同。

馬銜，22件。M3：118，兩端爲兩扁圓環，由兩小環相連，直杆狀環柄。長22釐米。

連環，6件。M3：121，大小兩環相連，大環直徑7.6釐米，小環3.8釐米。

方扣形帶具，5件。M3：126，扣的中部爲長方形，一端柄呈鴨首狀，另

一端爲彎曲的勾狀細管，其上套有一環。長 12、寬 6 釐米。

（2）石　器

石器共 14 件，器類有編磬和鼓槌頭。

編磬，13 件。均爲青灰色石灰岩磨製而成，形制相仿，大小依次爲 M3：20～32。形制爲曲尺形，有倨孔，磬體修長，鼓部較狹長，股部較寬、較短，鼓股大致呈股二鼓三的比例。其測量數據見附表四。

附表四　邳州市九女墩三號墩編磬登記表

磬號	通長	通高	最厚	最薄	倨孔		底		鼓		股		重量
					孔徑	勾	長	高	上邊	博	上邊	博	
1	60.0	21.0	3.3	2.7	140°	1.8	50.0	5.2	37.0	10.6	26.9	12.8	5.75
2	55.5	21.0	3.0	2.5	139°	1.7	45.5	4.5	34.0	10.0	25.0	13.0	4.80
3	48.3	18.3	3.0	2.4	138°	1.4	39.0	4.0	30.0	9.3	21.6	11.5	3.75
4	47.0	17.2	2.9	2.5	140°	1.8	38.5	4.0	29.0	9.1	21.0	10.9	3.40
5	41.0	15.0	2.5	2.1	139°	1.8	殘	2.6	25.0	殘	19.0	殘	2.40
6	38.2	15.0	2.8	2.6	140°	1.7	30.3	3.0	22.5	8.0	18.2	10.2	2.55
7	38.0	15.0	2.6	2.6	136°	1.6	30.8	3.5	23.4	7.9	17.8	9.1	2.35
8	33.0	13.3	2.8	2.4	139°	1.4	26.0	2.4	20.5	7.6	15.0	9.0	1.80
9	殘	殘	2.8	2.3	殘	殘	殘	殘	殘	7.5	殘	8.4	1.50
10	28.5	11.4	2.8	2.0	140°	1.6	22.5	2.1	17.7	6.9	12.6	殘	1.25
11	26.0	10.9	2.5	2.2	140°	1.4	19.9	2.2	15.9	6.1	12.0	7.5	1.10
12	23.3	10.5	2.8	2.5	139°	1.9	18.4	2.1	14.0	6.5	10.2	7.7	1.10
13	22.1	10.0	2.5	1.9	137°	1.5	17.0	1.8	13.5	5.8	10.4	6.9	0.75

單位：釐米　度　千克

鼓槌頭，1 件。M3：72，爲一橢圓形石球，中間鑽有圓孔，以供裝柄，高 3.7、孔徑 2 釐米。

（3）陶　器

陶器共 25 件，可分泥質陶、印紋硬陶和紡輪三類。

泥質陶器型有：罐、鬲、盆等。

罐，1 件。M3：94，泥質褐陶，圓唇敞口，斜折沿，束頸，上腹及肩部

圓鼓，下腹斜直，平底。肩上淺刻一周網狀菱形方格紋。口徑 16.2、高 18.6 釐米。

鬲，1 件。M3：73，泥質黑陶，平唇直口，束頸，三足較直，弧襠、尖足，足尖較平，鬲身無紋飾。口徑 11.2、高 7.6 釐米。

印紋硬陶器型只有罐，分為兩式：

A 式，14 件，形制相同，大小不一。M3：40，圓唇直口，折肩，雙側有對稱的筒狀雙貫耳，腹微鼓，下腹較直，平底，器身印滿細密網格紋。高 20.1、口徑 12.7、底徑 11 釐米。M3：68，高 8、口徑 6、底徑 6.2 釐米。

B 式，2 件。M3：71，圓唇直口，折肩無耳，腹圓鼓，平底，有三乳丁足，通體印滿細密網格紋。高 6.1、口徑 6.2、底徑 6.5 釐米。

紡輪，6 枚，泥質灰陶，M3：66，直徑 2.5、厚 1.8、孔徑 0.5 釐米。

（4）骨角、貝、玉、水晶器有：

鹿角飾，M3：61，為梅花鹿角，根部連著頭蓋骨，上面用紅色顏料繪有三角紋、雲雷紋等圖案，角上鑽有一圓孔。

角鑣，14 件。有弧度，一端呈尖狀，截面呈八棱形，上面繪有網狀紋、鋸齒紋、點線紋、三角形雲雷紋等。鑣上鑿有二至三個長方形穿孔。M3：119，長 22.4 釐米。

海貝一組，M3：82，數千枚。放於主墓室內。背部均磨平，多數已朽。

玉瑗，2 件，有紋飾。M3：88，邊有凸棱，上飾有雲氣紋，外徑 6.7、內徑 3.2、厚 0.5 釐米。

玉璧，3 件，素面。

水晶環，兩枚。M3：80，光潔、透明，外徑 2.4、內徑 1.5、厚 0.5 釐米。

玉璜，25 件，M3：83，中間有一小孔。長 10.8，寬 2.5 釐米。

玉串珠，一組，30 顆。M3：84，橢圓形。

3、幾點研究

（1）時代與國別

根據鈕鐘上的銘文及這批器物所表現出地域風格和時代特徵，結合梁王城、鵝鴨城及九女墩墓群考古發掘和調查材料，並對照《左傳》、《後漢書》、《水

經注》及《邳州志》等史書和地方志中對徐人後期活動的有關記載，我們認爲這是一座春秋晚期徐國王族墓葬。

　　從時代上看，帶覆盤形弧蓋的盆形鼎與洛陽中州路東周第三期墓 M2729：35〔註2〕、曲阜魯故城甲組春秋墓 M116：4〔註3〕、邳州九女墩二號墩所出銅鼎相仿。壺則與長島王溝 M1：3 相似〔註4〕。豆與洛陽中州路東周第三期墓 M2729：31、洛陽哀成叔墓所出之豆〔註5〕、曲阜魯國故城甲組春秋墓 M115：3 相近。A 式、B 式銅劍與洛陽中州路 M2729：20 相近，C 式劍與 M2719：86 相近。鈎與河南省汲縣山彪鎮 M1：56 之二相似〔註6〕。湯鼎、尊、盤與紹興 306 墓所出相近〔註7〕，獸首鼎與舒城鳳凰嘴春秋墓所出相似〔註8〕，甬鐘在形制、紋飾上與王孫遺者鐘相近〔註9〕。鎛鐘與儔兒鐘、沇兒鎛、遱邟鎛相近。鈕鐘則與遱邟鐘、臧孫鐘相仿〔註10〕。石磬與丹徒北山頂〔註11〕、侯馬上馬村 13 號墓所出相近〔註12〕；陶罐與洛陽中州路東周第二期墓 M472：4 相仿；印紋硬陶罐與六合和仁東周墓〔註13〕、丹徒橫山饅兒墩 DHM：1 相似〔註14〕。以上器物年代大多爲春秋晚期，而且與該墓相鄰的九女墩二號墩的時代也爲春秋晚期，兩墓所出器物的時代風格接近，由此可推斷該墓的時代爲春秋晚期。

　　鈕鐘上的銘文「…徐王之孫 ⿰𡰥⿱丌⿰丌丌 乍，擇其吉金，鑄其和鐘…」已明確地

〔註2〕 中國科學院考古研究所：《洛陽中州路》，科學出版社，1959 年。

〔註3〕 山東省文物考古研究所等：《曲阜魯國故城》，齊魯書社，1982 年。

〔註4〕 煙臺市文物管理委員會：《山東長島王溝東周墓葬》，《考古學報》1993 年第 1 期。

〔註5〕 洛陽博物館：《洛陽哀成叔墓清理簡報》，《文物》1981 年第 7 期。

〔註6〕 郭寶鈞：《山彪鎮與琉璃閣》，科學出版社，1959 年。

〔註7〕 浙江省文管會等：《紹興 306 號戰國墓發掘簡報》，《文物》1984 年第 1 期。

〔註8〕 安徽省文化局文物工作隊：《安徽舒城出土的銅器》，《考古》1964 年第 10 期。

〔註9〕 容庚、張維持：《殷周青銅器通論》，文物出版社，1984 年。

〔註10〕 馬承源、王子初（主編）：《中國音樂文物大系上海卷、江蘇卷》，大象出版社，1996 年。

〔註11〕 江蘇省丹徒考古隊：《江蘇丹徒北山頂春秋墓發掘報告》，《東南文化》1988 年第 3 ～4 期合刊。

〔註12〕 山西省文物管理委員會：《山西侯馬上馬村東周墓葬》，《考古》1963 年第 5 期。

〔註13〕 吳山菁：《江蘇六合縣和仁東周墓》，《考古》1977 年第 5 期。

〔註14〕 南京博物院等：《江蘇丹徒橫山、華山土墩墓發掘報告》，《文物》2000 年第 9 期

交待了器主的身份和國別。甬鐘、鎛鐘通體均飾具有明顯徐器裝飾風格的羽翅式獸體捲曲紋，此二組編鐘也應爲徐器。所出湯鼎和盤與紹興 306 墓出的徐𤔲尹瘺湯鼎和盤形制相同〔註 15〕，所出盥盤和爐盤與江西靖安出土的徐王義楚盥盤和徐令尹者旨醅爐盤相近〔註 16〕。其它器物如獸首鼎獸犄角、龍首盉龍頭及部分鼎足等上的羽翅式獸體捲曲紋，在春秋晚期徐國青銅器上都有著廣泛的應用。飾於鈕鐘、壺、罍、杖飾等上的交龍紋，飾於覆盤形弧蓋鼎上的勾連雷紋，飾於盆、獸首鼎等上的蟠蛇紋，以及用作主體紋飾界隔的繩紋、鋸齒紋、連珠紋、絡紋、三角形雷紋等都是春秋晚期徐國青銅器上的常見紋飾。由此可見，這批銅器帶有明顯的徐器風格，結合其它相關因素，我們認爲這是一批徐國器物。

（2）墓主的身份

該墓出有三套編鐘，另出有一套編磬，如此齊備的樂器組合，在春秋戰國墓葬中是較少見的。王世民、蔣定穗先生認爲，「當時貴族享用編鐘、編磬的組合，確實同他們身份的高低有密切關係。大體說來，只有國君和個別上卿（其間或有僭越），方能配置低音的大型鎛鐘或甬鐘；」「春秋時期的楚及其鄰近地區，出土金石之樂的貴族墓，一般都是鈕鐘、鎛鐘和編磬三種，件數也相一致，個別身份特高者方可享受甬鐘。」〔註 17〕M3 同時配有大型甬鐘和大型鎛鐘，說明墓主的地位極高。

值得注意的是，在該墓中，甬鐘放於南側，鎛鐘和鈕鐘置於東側，編磬位於北側，三面圍起，只留出西邊一面缺口，這恰好同《周禮·小胥》中「諸侯軒縣（懸）」的記載相符，即：

> 正樂縣之位，王宮縣，諸侯軒縣，卿大夫判縣，士特縣，辨其聲。

宮縣（懸）即四面懸，象宮室之四面有牆，軒縣（懸）即三面懸，象車廂之三面有堵。從這點看，M3 採用的是諸侯軒懸的禮制。

大量的殉人、高大的封土堆、及眾多的禮樂器、車馬器和兵器均表明墓主

〔註 15〕浙江省文管會等：《紹興 306 號戰國墓發掘簡報》，《文物》1984 年第 1 期。

〔註 16〕安徽省文化局文物工作隊：《安徽舒城出土的銅器》，《考古》1964 年第 10 期。

〔註 17〕王世民、蔣定穗：《最近十多年來編鐘的發現與研究》，《黃鐘》1999 年第 3 期。

有著很高的社會地位，另外，據有學者研究，在吳國墓葬中，權杖只出自王的墓葬〔註18〕。該墓所出杖飾或即為權杖的構件。與此相符，鈕鐘上有「徐王之孫𠂤月乍」等銘文。由以上可見，該墓墓主的身份非同一般，為徐國王室中舉足輕重的人物。從器物的時代特徵上看，接近徐王義楚時期的具銘徐國銅器。義楚見於《左傳·昭公六年》：

> 徐儀楚聘於楚。

墓主的生活時代應處在義楚前後，即公元前六世紀中葉前後。

九女墩大墓群及附近的梁王城、鵝鴨城遺址位於漢代武原縣境內，據史料記載，春秋時期徐人曾在這一帶活動過。如《後漢書·東夷列傳》記載：

> 於是楚文王大舉兵而滅之。偃王仁而無權，不忍鬥其人，故至於敗。乃北走彭城武原縣東山下，百姓隨之者以萬數，因名其山為徐山。

另據《水經注》卷二十五：

> 縣（按：指下邳，位於今睢寧古邳鎮）為沂、泗之會也。又有武原水注之。水出彭城武原縣西北，會注陂南，逕其城西，王莽之和樂亭也。縣（按：指武原縣）東有徐廟山，山因徐徙，即以名之也。山上有石室，徐廟也。

又據《邳州志》卷十九：

> 武原城去今城（按：指今邳城鎮）十五里，漢縣，屬楚國，後漢屬彭城國，晉宋因之。

由上可知，《後漢書》所說的徐山、《水經注》中所說的徐廟山即今禹王山，漢武原縣城位於今邳州戴莊鎮梁王城一帶〔註19〕，禹王山位於梁王城的東邊，《後漢書》稱彭城武原縣東山為徐山正與此相符。

M3 的發掘證明以上史書和地方志中關於春秋時期徐人曾在漢彭城武原縣一帶活動的記載是可信的，我們認為九女墩大墓群及附近的梁王城、鵝鴨城遺址與春秋時期徐人的活動有關。

〔註18〕　張敏：《江蘇出土的商周青銅器》，見徐湖平主編《青銅器》，上海古籍出版社，1998年。

〔註19〕　譚其驤主編：《中國歷史地圖集》第二冊，地圖出版社，1982年。

圖一　地形圖

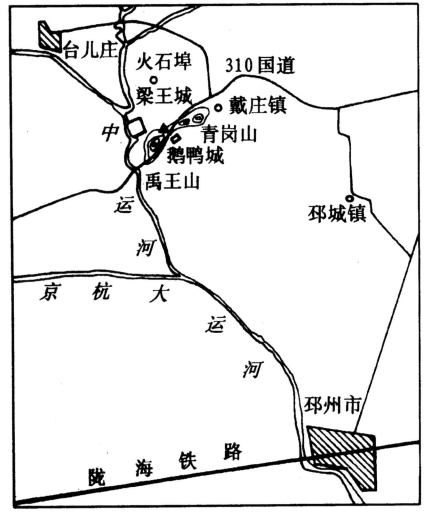

黑三角符號代表九女墩三號墩

圖二　M3 封土及地層剖面圖

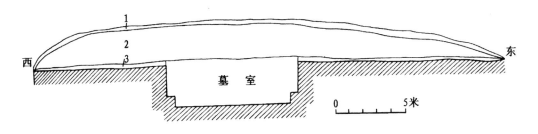

1. 耕土層　2. 五花土層　3. 夾沙土層

圖三　剖面圖

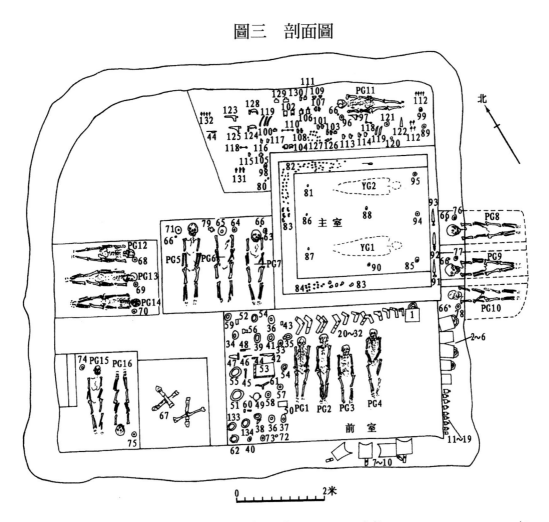

1～6 銅鎛鐘 7～10 銅甬鐘 11～19 銅鈕鐘 20～32 石編磬 33、34、36、37、65 銅盤 35、133、134 銅盆形鼎 38 銅鬲 39 銅罐形鼎 40、63、68～71、74～78、89、95、96、98、99 印紋硬陶罐 41 銅獸首鼎 42 銅鋸 43 銅鋤（3 件）44（III 式，4 件）、46（II 式，1 件）、48（I 式，1 件）。銅削 45 銅鑿 47 銅鐮（4 件）49 銅龍首盉 50 銅方形器 51 銅甗 52 銅鋅（4 件）53 銅爐盤 54、56～59 銅豆 55 銅罐 60 銅杖飾 61 鹿角飾 62 銅湯鼎 64 銅提梁壺 66 陶紡輪（6 件）67 獸骨 72 石鼓槌頭 73 陶鬲 79 銅尊 80 水晶環 81、86、87 玉璧 82 海貝 83 玉璜（25 件）84 玉串珠（30 顆）85 陶盆 88、90 玉環 91～93 銅劍 94 陶罐 97（III 式，9 件）、123（I 式，2 件）、125（II 式，2 件）銅戈 100、101、103、105、107～109、111、113～117 銅轄軎（16 套）102、104、106 銅車飾件（6 件）110、118 銅馬銜（22 件）112、132 銅鏃（80 件）119 角鑣（14 件）120 銅圓環 121 銅連環（6 件）122 銅鎛 124、128 銅鉤 126 銅方扣形帶具（5 件）127 銅珠 129、130 銅鏟 131 銅蓋弓帽

圖四　罐形鼎足（M3：39）

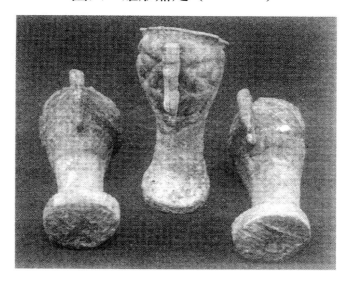

圖五　銅　器

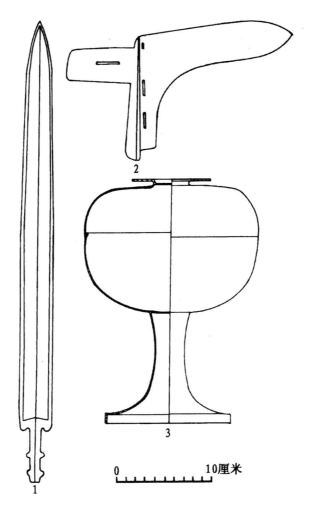

1. II 式劍（M3：93）　　2. III 式戈（M3：97）　　3. 豆（M3：54）

圖六　銅盤（M3：34，約1／4）

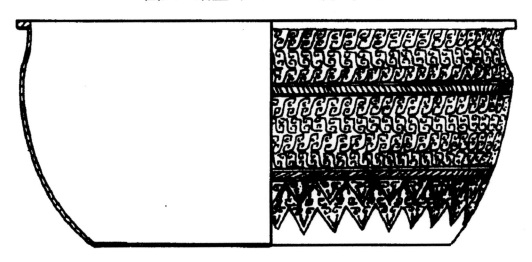

圖七　銅器紋飾拓本

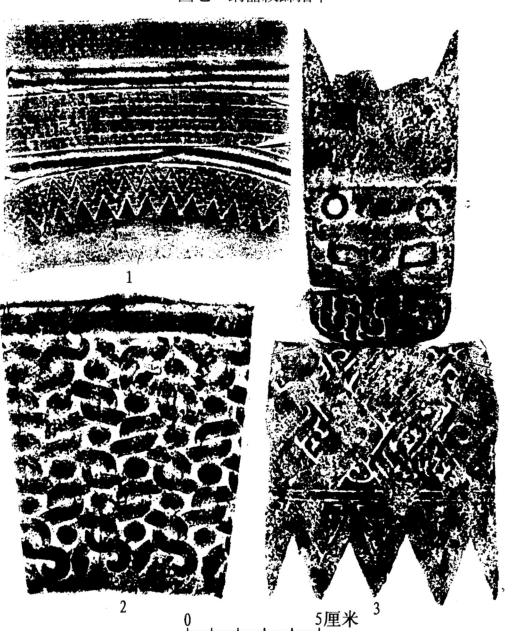

1. 盤（M3：34）　　2. 杖飾（M3：60）　　3. 車飾件（M3：106）

圖八　編　鐘

左：甬鐘（M3：9）　右：鎛鐘（M3：1）

圖九　銅鈕鐘（M3：16）拓片

1. 鈕　2. 舞面　3. 鐘體

圖一〇　銅　器

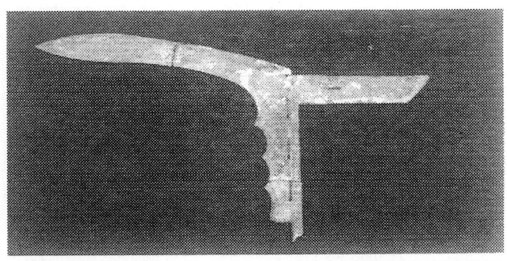

上：Ⅰ式戈（M3：123）　中：鐮（M3：47）　下：鋸（M3：42）

圖一一　銅轄車書

左：M3：116　右：M3：117

圖一二　銅　器

上：馬銜（M3：118）　下：連環（M3：121）

圖十三　陶　器

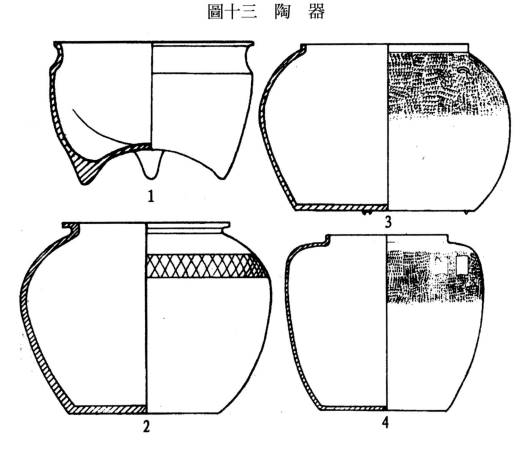

1. 鬲（M3：73）　　2. 罐（M3：94）　　3. II 式印紋硬陶罐（M3：71）

4. I 式印紋硬陶罐（M3：68）（1. 7／25，2. 約 1／6，3. 約 3／5，4. 約 1／3）

圖十四　陶　器

左：鬲（M3：73）　　右：I 式印紋硬陶罐（M3：40）

（二）其它幾座九女墩大墓的發掘

1、九女墩二號墩（簡稱 M2）

二號墩在三號墩東約 60 米處，該墓形制與三號墩基本相同。南京博物院等在 1995 年對該墓進行了發掘[註20]，發掘前，墩底徑東西長 26 米，南北寬 20 米，墩高 3.2 米，外觀呈饅頭狀。填土靠近墓穴的部位填有大石塊，墓穴平面呈 T 字形，長 7.3 米，寬 6.9～7.3 米，深 2.6～2.8 米（二號墩剖、平面圖見附圖八）。

墓室由前室、主室以及前室東西兩側的側室組成，前室與主室深 2.9 米，為板灰圍成。東西兩側的側室深 1.6 米，為用蘆席鋪成的坑。前室出有馬骨和主要隨葬品，有銅鼎、缶、編鐘、編鎛車馬器及陶豆、鬲、鼎、罐和石磬等，共 77 件（組）。主室內有人骨 6 具，除一具被擾亂外，其餘均為仰身直肢，頭向朝東，出有銅戈、矛、鏃等兵器及一些玉片、水晶珠、銅器、陶器，共 42 件（組）。東側室有人骨兩具，西側室有人骨三具，為仰身直肢，頭向朝東，兩側室共出 5 件器物，為銅削 2、錐 1、硬陶罐 2。該墓共出隨葬器物 124 件（組）。主要器物如下（二號墩部分器物圖見附圖九、十）：

（1）**銅器 64 件，包括鼎，缶，壺，鎛，戈，劍，刀，矛，斧，編鐘（有鎛鐘、鈕鐘兩類）及車具一套，馬飾 2 組等。**

鼎，3 件。M2：73，蓋殘，斂口，方唇，弧腹，近口部以一周凸棱承蓋，凸棱下有對稱附耳，三蹄形足較高。腹飾蟠螭紋。口徑 25.2、腹深 17.3 釐米。

缶，1 件。M2：75，方唇，平沿，直頸，鼓腹，平底，矮圈足。弧頂蓋，蓋周緣有四獸形鈕扣於缶口，與缶口咬合，蓋頂有四個鳥形環飾，缶腹部有四個鳥形飾，蓋面和缶腹部均飾蟠螭紋。口徑 38、通高 38.2 釐米。

戈，17 件。M2：115，戈援部上翹，鋒近似三角形，有脊，長胡三穿，內亦上翹，有一長條形穿，內後部有鋒刃。長 30.6 釐米。

矛，6 件。M2：118，三叉形刺，中有脊，脊兩側有血槽，骹的末端平，圓鑾，長 12.8 釐米。

斧，2 件。M2：35，長條形，長方形鑾，近鑾部有一周箍棱，中部側面微向內收，平刃。長 14.4、上寬 4.8、下寬 4.2 釐米。

[註20] 南京博物院等：《江蘇省邳州市九女墩二號墩發掘簡報》，《考古》1999 年第 11 期。

編鎛，6件。形制相仿，大小依次為 M2：13、14、10、15、11、12。長方形環鈕，上飾變形龍紋。平舞，直銑棱，於口平齊。一面鉦間、兩欒均有銘文。舞、鼓、篆均飾羽翅式獸體捲曲紋。有螺旋形枚 36 個。該組編鎛銘文如下：

> 隹王正月初吉庚午，叡巢曰：「余攻王之玄孫，余餃子，擇厥吉金，自乍和鐘，臺享臺孝，於我皇祖，至於子孫，永寶是喬」。

編鐘，8件。形制相仿，大小依次為 M2：8、7、6、5、4、3、1、2。長方形環鈕，上飾變形龍紋。平舞，直銑棱，於口弧曲。舞、鼓、篆均飾羽翅式獸體捲曲紋。有螺旋形枚 36 個（編鎛、編鐘測量數據見附表五）。

（2）陶器 35 件，包括鼎、鬲、罐、豆等。

鼎，5 件。器形、大小相近。M2：71，泥質紅胎黑皮陶。輪製。直口，方唇，口沿外側有一周凹棱，棱下附對稱附耳，弧壁內收成圓底，三蹄形足略外撇。足與耳均為捏塑後另接。口徑 29.6、高 33 釐米。

鬲，5 件，分為二型。

A 型：1 件，M2：47，泥質紅胎黑皮陶。侈口，平折沿微下垂，方圓唇，束頸，弧鼓腹，腹較深，矮弧襠，三柱狀袋足，柱足截面為六棱形。腹部飾粗繩紋。口徑 28、高 24.9 釐米。

B 型：4 件。形制相近，大小相仿。均為素面淺腹。M2：28，泥質紅胎黑皮陶。侈口，斜平折，方唇，束頸，微弧腹，高弧襠，三柱狀袋足，柱足截面為六棱形。

豆，11 件，分為二型。

A 型：7 件，簋形高柄豆。形制相近，大小相仿。M2：31，泥質黑陶。敞口，方唇，折腹弧收，高柄，喇叭形圈足。柄上部飾弦紋。口徑 15.6、高 27.7 釐米。

B 型：4 件，盤形高柄豆。形制相近，大小相仿。M3：49，敞口，圓唇，淺弧腹，細高柄，喇叭形圈足。口徑 15.2、高 23.4 釐米。

罐，10 件，分為二型。

A 型：5 件，深腹罐。形制相近，大小相仿。M3：61，泥質灰陶。口微敞，平沿微下翻，方唇，高領，弧肩，下腹弧收，平底。領部飾深褐色條帶紋，肩

上飾褐色網格紋，下腹飾繩紋。口徑 19、高 28.4、底徑 14.4 釐米。

B 型：5 件，淺腹罐。形制相近，大小相仿。M3：52，泥質灰陶。口微敞，卷沿，方圓唇，高領，弧肩，腹較扁，下腹弧收，平底。領部飾深褐色條帶紋，肩上飾褐色網格紋，下腹飾繩紋。口徑 15.6、高 21 釐米。

（3）**硬陶器 4 件，包括三乳丁足罐和壇兩類。**

三乳丁足罐，共 3 件，分為二型。

A 型：2 件。形制相近，大小相仿。M3：94，灰胎黑皮硬陶。敞口，方唇，矮直領微外敞，圓肩，肩部有兩對稱附耳，鼓腹弧收，平底，下附三乳丁狀小足。口徑 14.1、高 11.2 釐米。

B 型：1 件。泥質黑色硬陶。敞口，方唇，高直領微外敞，圓肩，肩部有兩對稱附耳，鼓腹弧收，平底，下附三乳丁狀小足。口徑 16.1、高 13.2 釐米。

壇，1 件，M3：1。泥質灰褐色印紋硬陶。直口，矮領，方唇，圓肩，弧腹下收，肩腹交界處有兩對稱貫耳，為貼附而成，底微內凹。肩、腹部均飾細密網格紋。口徑 9.6、高 16.8 釐米。

（4）**石器 13 件，包括編磬、石球兩類。**

編磬，12 件。均為青灰色石灰石磨製而成，大小依次為 M2：25、22、27、21、26、19、18、24、17、23、16、20。形制為曲尺形，有倨孔。磬背作倨勾狀，底作弧形上凹。符合「股二鼓三」的磬體比例（編磬測量數據見附表六）。

（5）**其它器類。**

玉器、珠、貝器 18 件（組），包括玉片 7 組，水晶珠 9 件，貝 2 組。

這些器物的形制和裝飾風格大多與九女墩三號墓所出相似。

2、九女墩四號墩

四號墩［註21］：該墩在二號、三號墩東南方向約 2 公里，位於青崗山東北麓。土墩高出南部地表約 6 米，高出東、北、西三面地表 10 米。土墩頂部東

［註21］劉照建、吳公勤：《邳州市九女墩四號東周墓》，見《中國考古學年鑒 1998 年》，文物出版社，2000 年；徐州博物館、邳州博物館：《江蘇邳州市九女墩春秋墓發掘簡報》，《考古》2003 年 9 期。

西長 20、南北寬 10、底部東西長 30、南北寬 20 米。墓葬形制爲有斜坡墓道
的豎穴土墩墓，墓室平面呈凸字形，方向 110°。斜坡墓道爲喇叭口狀，坡度
較小，長 9.5、上口寬 6.5、下口寬 4.2 米，墓道內近墓口處靠兩壁各有一陪葬
坑，頭向與墓道方向一致，墓道近坑口處有七道階梯。現存坑口東西殘長約
10（東西長度因西部長期遭雨水剝蝕而殘缺不清）、南北寬 1、深 2 米。坑內
由主室、陪葬坑和二層臺等部分構成。主室位於坑中部偏西處，長 6.2、寬 3.8
米，墓壁爲熟土夯築而成，夯土較硬，約 20～30 釐米一層，有火焙燒過的痕
跡，墓壁上布滿席紋。墓主骨架已朽，葬式不明。圍繞主室有三座陪葬墓，
均有棺槨，各葬一人，皆爲仰身直肢。墓室四周有生土二層臺，寬 0.9 至 1.2
米，二層臺與墓壙底部的相對高度約 2 米。北部臺面上有大量已粉化了的動
物骨骼。

該墓有三處盜洞，墓中器物幾乎被盜一空。主墓室中僅出土銅器殘片若干，
石磬七件，石璋一件，銅鏃數十枚，銅鐓 2 枚，陶豆若干。其中有一銅器殘片
上刻有銘文：

工虞王之孫□……作𢼸鑒

陪葬墓中出有礪石、銅削、銅刀、骨釵、青瓷盂、陶鬲、盆及船形陶片等
（四號墩部分器物圖見附圖十一）。

3、九女墩五號墩

早在 1982 年春，當地群眾在平整土地和修建公路時就已經破壞掉了兩個墩
子，即九女墩五號墩，六號墩。文物工作者得知情況後，前往瞭解情況，處理
善後事宜，並徵集到若干零散文物。由於這兩座墓歷史上曾多次遭盜，出土文
物本來就不多，加上又非科學發掘，故未能引起足夠的重視。爲保持資料的完
整性，這裏將它們一併簡要介紹如下：

五號墩：位於三號墩西邊約一百米處。1961 年測量時，土墩還高出地面
8.5 米，墩底部直徑爲 50 米。發掘前，由於修築公路，土堆已被夷平。該墓
墓口呈方形，邊長 8 米，墓深 6 米。墓東邊伸出一斜坡墓道，長 12、寬 5 米。
塡土中有厚 1.76 米的白膏泥，接著是三層木炭與三層黃沙交疊，厚約 60 釐米。
墓底用厚約 30 釐米的細木炭鋪平夯實，上加鋪 20 釐米厚的黃沙。墓坑四周
塡充厚約 1.2 米的木炭。槨室內充滿朽爛的土紅色木灰，棺曾髹漆，但木已朽

盡無存。

墓坑的西壁留有向南、向北的臺階，臺階寬 0.5 米，向北四級、向南六級，每級高 0.5 米。西壁上開有高 20、長 30 釐米的壁龕兩個。墓底有一長 1.5、寬 1、深 0.3 米的腰坑，裏面填滿木炭。

在槨室周圍發現甲、乙兩具屍骨，頭向均朝槨室。甲具人骨腰部有一銅帶扣，腿旁有一青銅匕首，其身南側發現一玉龍佩飾和一個玉璧。乙具人骨頭邊見一銅車飾。在槨室東邊有一處燒火堆，堆高達 1 米，其中有厚約 10 釐米的纖維灰燼層，裏面有 27 個小玉璧。現將這些器物的情況介紹如下：

玉璧一件，直徑 7.1、孔徑 3、厚 0.4 釐米，其上刻有穀紋；玉龍佩飾一件，長 5、寬 4、厚 0.5 釐米，爲一立龍，器身刻滿小雲紋；小玉璧 27 件，直徑 4.4～5、厚 0.8 釐米，器身刻滿雲紋，大部分有燒燎的痕跡；銅車飾一件，長 10 釐米，後端直徑 2 釐米，前彎起如龍頭狀，體上有蟠螭紋，出土時後端還接有 27 釐米長的木柄；銅匕首一件長 21、寬 3.5、厚 0.4 釐米；銅帶扣一件，長方形，長 10、寬 6 釐米，上刻蟠螭紋（五號墩部分器物圖見附圖十一）。

4、九女墩六號墩

六號墩：與五號墩緊挨著，位於五號墩北側。原有封土堆高達 10 米，底部直徑 50 多米。墓口爲方形，邊長 10 米，西邊伸出一斜坡墓道，寬 6 米。因地面有莊稼的原因墓道僅向外清理了 6 米。墓深 5 米，坑四周填有厚約 1 米的粗沙和白膏泥。墓室中部發現有髹漆的棺槨遺跡，漆色紅黑相間。

該墓出有：銅戈一件，長 21.2、寬 3.2 釐米；銅鏃一件，長 9.5 釐米，爲三棱形；銅劍一把，長 120、寬 10 釐米；銅環六個，均爲器物上的附加飾件；還有薄銅片十餘片，彩繪漆器殘片若干。

（三）邳州九女墩大墓群的年代和墓主身份

1、對九女墩大墓群年代的討論

這幾座墓所出器物，從造型、紋飾、銘文風格，都具有春秋晚期的時代特徵和徐淮地區青銅器的地方風格。墓葬的建造手法也在春秋時期大墓中常見。

二號墩所出青銅鼎、缶、戈、矛、斧及印紋硬陶罐等都與江蘇丹徒北山頂春秋墓所出同類器物相近。二號墩所出編鐘在造型、紋飾及銘文風格上與淅川下寺 M1、固始侯古堆 M1、壽縣蔡侯墓及丹徒北山頂墓所出編鐘相近，銘文字

體纖細秀麗，是春秋晚期徐國銘文的風格。其它幾座九女墩大墓所出器物亦具有春秋晚期特點。由此可見九女墩二號墩及其它幾座九女墩大墓的時代均應爲春秋晚期。

幾座大墓分別採用了積石，積沙、積炭、積白膏泥等防腐、防盜手段，這是春秋晚期大墓中常見的手法。

2、對九女墩大墓群墓主身份的考證

已發掘的五座九女墩大墓，除四號墩外，其餘皆集中分佈在梁王城與鵝鴨城之間的山坡上。上面已從文獻記載，當地民間傳說和對二城址的調查和發掘情況等方面論證了梁王城、鵝鴨城是春秋中，晚期徐國的都城遺址。而緊鄰徐國都城的九女墩大墓群，無疑就是徐國的王族墓群。下面主要以二號墩、三號墩出土的材料，結合其它各墓的情況，分別從封土規模、墓葬形制、陪葬人情況，器物的固定組合方式等方面論證這幾座大墓爲徐王族墓葬。

（1）封土規模、墓葬形制及陪葬人情況

這幾座大墓均有高大的封土墩，五十年代末考古普查時還高出地面 10 米左右，墩底部直徑達 50 米左右，經歷二千五百餘年的風雨侵蝕和人爲破壞，尚有如此規模，可以想見建造之初封土墩規模之雄偉、高大。建造如此巨大的墳墓，在生產力水平還很低下的春秋時代，決非一般貴族所能實現，也只有王室高級貴族方有此實力。

在三號墩中發現有 16 具陪葬人骨架，據南京博物院李民昌先生對其中 4 具保存較好的骨架所作的鑑定，其中 3 具爲 25 歲左右的女性骨架，1 具爲 30 歲左右的男性骨架。從陪葬人多爲仰身直肢葬，頭多向墓主及隨葬的物品來看，這些陪葬人大多爲墓主生前親近侍妾、侍衛等。二號墩的東西兩個側室內共有陪葬人骨架 5 具，除銅削、錐、硬陶壇、硬陶罐等小件器具外，就再也沒有其它像樣的隨葬品了。四號墩發現 5 具陪葬人骨架，2 具在墓道兩側，無葬具、無隨葬品。3 具在墓壙內，均有漆棺，有隨葬品。2 具頭向墓主。從中可以看出陪葬人的身份、地位也有所不同。

春秋晚期，華夏諸國大都早已摒棄了用人陪葬的習俗，而徐人卻仍沿用夷俗夷禮，盛行用人陪葬之風，這也是夷人墓葬區別於同時期華夏諸國墓葬的一個特點。幾座九女墩大墓均有大量陪葬人，而且有些陪葬人隨葬品豐富，地位

較高，由此可見墓主身份必爲高層貴族或爲一國之君。

二號墩主室內的五具人骨均頭向朝東，三號墩墓主頭向朝東偏南，這可能是夷人尙東習俗的表現，與梁王城遺址內新石器時代和春秋時期墓葬墓主的頭向一致。

（2）器物的固定組合方式

二號墩陶禮器的組合方式爲鼎、豆、缶、罐、鬲等，二號墩銅禮器的組合方式爲鼎、豆、鬲、盤、缶、壺、尊、龍首盉、罍、爐盤等，不同於中原華夏諸國所常用的鼎、簋、簠、盤、匜等組合方式，而且大都大小、形制相同。與對中原列鼎制度多有改革形成鮮明對照的是，徐人嚴格遵守著中原的樂懸制度，對樂器十分看重，二號墩有編鈕鐘、編鎛，三號墩有編鈕鐘、編鎛、編甬鐘，且均配有石編磬，九女墩二號、三號墩嚴格按照「諸侯軒縣」的樂懸禮制擺放鐘、磬。重視樂器制度，輕視列鼎制度，此或爲徐國墓葬禮制的一個特點。隨葬品的組合有固定禮制，說明墓主必爲高層貴族。另外九女墩幾座大墓中還出土了數量較多的骨角製品，有鹿角飾件和角質馬鑣及骨釵等，新石器時代的邳州劉林遺址和四戶大墩子遺址，均曾出土過大量的骨、角製品，如鹿角鐮、獐牙鉤形器、骨製約髮及掩蔽下身用的龜甲等。這似乎說明春秋時期的徐人與該地新石器時代居民對骨角製品有著共同的愛好。

（四）《𠂤兒乍編鐘》銘文考釋及相關問題

九女墩三號墩出土的青銅編鈕鐘一組九枚，皆有銘文，對研究春秋晚期徐國歷史具有重要價值。

1、𠂤兒乍編鈕鐘銘文考釋

鈕鐘共九枚，銘文內容大致相同，僅行款順序略有差異，共七行三十八字。行款方向基本一致，大體上均從左至右，只在右銑處最後三行爲從右至左。各鐘銘文均有程度不等的殘泐，合各鐘可得銘文如下：

> 唯正月初吉丁（亥），徐王之孫𠂤兒乍，擇其吉金，鑄其和鐘，以享以孝，用薪眉（壽），子子孫孫，永保用之。

由銘文可知，器主爲徐國王室貴族。按春秋金文慣例一般在稱某某之孫後，應緊接著再稱某某之子。如：

《遱邗鐘》：舍王之孫 𢒫 楚欯之子遱邗。

《叡巢鐘》：叡巢曰余攻王之玄孫，余荿子。

《臧孫鐘》：攻敔中終朕之外孫，坪之子臧孫。

《儔兒鐘》：曾孫儔兒，余迭斯於之孫。余茲𣍘之元子。

𤰈乍鐘上只稱徐王之孫，而未提及其父，很可能由於其父去世過早或其它原因，地位不夠顯赫。

𤰈乍鐘銘文與叡巢鐘銘文內容相近，均為當時套語，銘文本身並沒有揭示出太多史實。然而由於該組編鐘是首次出土於徐國故地的具銘徐器，而且又出自一座未曾被盜擾的王族大墓中，它的價值就非同一般了。

2、從 𤰈乍鐘銘文看叡巢鐘國屬

谷建祥、魏宜輝先生的《邳州九女墩所出編鎛銘文考辨》〔註 22〕，馮時先生的《叡巢鐘銘文考釋》〔註 23〕均認為叡巢鐘主人為吳國貴族，並認為九女墩墓葬群與吳國北上爭霸有關，對此我們不敢苟同，理由如下：

二號墩所出叡巢鐘無論從鐘的形制、紋飾，還是從及銘文內容本身來看，應為徐器，而非吳器。迄今為止可以確定為吳國編鐘的只有者減鐘，為傳世品，形制為甬鐘，鼓部飾有六組體呈方折的蟠螭紋，篆間及甬部飾以變形雲紋，均為平雕。這種裝飾風格與徐國編鐘迥異其趣，徐國大型編鐘如儔兒鐘等都飾有浮雕羽翅式獸體捲曲紋，叡巢鐘上正是這種紋飾。論者僅據叡巢鐘銘文中的「攻王」二字，便認定該鐘為為吳器，我們認為理由不夠充分。

谷建祥、魏宜輝先生認為，「叡巢鐘銘文的攻王是由攻吳王之脫漏造成的，因此這批銅器也就可以斷定為吳器。」〔註 24〕我們認為叡巢鐘共有六枚，且大小相次，為分別鑄成，如果確係漏刻，最多漏刻一、兩枚，不可能六枚全都漏刻。再說編鐘乃國之重器，先公先王的頭銜名號更是神聖無比，出現這樣的漏刻現象的可能性實在是微乎其微。

〔註22〕谷建祥、魏宜輝：《邳州九女墩所出編鎛銘文考辨》，《考古》1999 年第 11 期。

〔註23〕馮時：《叡巢鐘銘文考釋》，《考古》2000 年第 6 期。

〔註24〕谷建祥、魏宜輝：《邳州九女墩所出編鎛銘文考辨》，《考古》1999 年第 11 期。

　　馮時先生引曾憲通先生語謂，「攻敔可急讀減音而稱攻或吳」〔註25〕。我們
認爲稱吳有證據，單稱攻卻沒有實證。從語法上講，攻在攻敔一詞中是發語詞，
不可單稱。從金文的實例上看，吳國國名在金文中或寫作工鄦，或寫作攻敔，
或單寫作吳，卻從沒有單獨寫作攻的。最近九女墩四號墩出土一具銘銅器殘片，
上有銘文：

　　　　　工鄦王之孫□……作 🐭 鑒。

　　該器時代與叡巢鐘相近，出土地也鄰近，並沒有出現漏字或急讀減音而省
稱的現象，這更加證實了叡巢鐘銘文中的「攻王」並非「攻吳王」。我們曾在
《也論叡巢編鎛的國別》〔註26〕一文中考證該鐘銘文上的攻王很可能就是《禮
記‧檀弓下》中徐國大夫容居所說的徐國先君駒王，此不贅述（詳見本文第
二章第五節）。

　　🐭乍鐘的出土證實了九女墩三號墩的墓主爲徐國王室貴族，而九女墩
三號墩與二號墩相隔僅五、六十米，墓葬形制、出土器物均十分相似，這兩
座墓顯然不可能分屬徐吳兩國，因而九女墩二號墩的墓主也應爲爲徐國王室
貴族。叡巢鐘銘文的內容體例、字體風格均與🐭乍鐘相仿，又出自徐國王
族墓地，無疑乃徐器。

3、從🐭乍鐘銘文看九女墩大墓群的國別

　　關於九女墩墓群，我們認爲它是徐國王族墓群，與吳國北上爭霸並無直接
關係。首先，吳據有徐地的時間不長，吳於公元前512年滅徐，又於公元前473
年被越所滅，其據有徐地的時間僅四十年。而有著十餘座大墓的九女墩墓群顯
然不會是在這麼短的時間內形成的。

　　其次，從二號墩、三號墩的規格和級別來看，不但有高大的封土堆、寬闊
的墓室、眾多的殉人、豐富的隨葬品，而且都採用了諸侯軒懸的禮制，同時墓
主均自稱王孫，可見墓主即便不是王，也必定是王室中地位顯赫的人物。據史
料記載，在公元前512年~前473年間去世的吳王，只有闔閭和夫差兩位，而

〔註25〕參見馮時《叡巢鐘銘文考釋》，《考古》2000年第6期；曾憲通：《吳王鐘銘考釋
　　　　——薛氏〈款識〉商鐘四新解》，《古文字研究》第十七輯，中華書局，1989年。
〔註26〕孔令遠、李豔華：《也論叡巢編鎛的國別》，《南方文物》，2000年第2期。

且均死於吳國，葬於吳地。即便有鎮守徐地的吳國王室貴族死於徐地，也不一定就葬在徐地，古人一般情況下，都要歸葬故里，聚族而葬。退一步說，即便有個別特例葬於徐地，也不會形成一個規模龐大的王族墓群。

由此可見不但𫞩𫎇乍鐘爲徐器，叔巢鐘也應爲徐器。不但九女墩三號墩爲徐國王族墓葬，九女墩二號墩也應爲徐國王族墓葬。結合附近梁王城、鵝鴨城城址的考古發掘和調查情況，以及相關史料和民間傳說，我們不難得出九女墩大墓群爲徐王族墓群的結論。

第二節　徐國都城遺址的發現與研究

春秋時期徐人的政治活動中心究竟在什麼地方是一個聚訟已久的問題，歸納起來主要有臨淮徐縣說（位於今江蘇泗洪）、越州鄮縣說（位於今浙江舟山）、彭城武原縣說（位於今江蘇邳州）三種說法。

第一種說法認爲徐國都城在漢代徐縣和僮縣之間，即位於今江蘇泗洪縣和安徽泗縣一帶。《春秋·僖公三年》杜注「徐在僮縣東南」，《史記·秦本紀》注引《括地志》、《水經·濟水注》、《水經·淮水注》、《太平寰宇記》卷十「泗州」條、《元和郡縣志》等皆謂徐國都城在徐縣（今泗洪縣境內）北三十里。如《元和郡縣志卷九·河南道五·泗州·徐城縣》云：

> 徐城縣，本徐子國也，周穆王末，徐君偃好行仁義，視物如傷，東夷歸之者四十餘國，周穆王聞徐君威得日遠，乘八駿馬，使造父御之，發楚師，襲其不備，大破之，殺偃王。其子遂北徙彭城原東山下（按：「原」應爲「武原」之訛），百姓歸之，號曰徐山。按山今在下邳縣界。楚漢之際，項羽置東陽郡。漢誅英布，置徐縣，屬臨淮郡。後漢以臨淮郡合於東海，明帝又分東海以爲下邳國，理於此。晉太康三年，復置徐縣，屬臨淮郡。梁於此置高平郡及高平縣，隋開皇十八年改爲徐城縣，屬泗州，理大徐城，大業四年移於今理。

曾昭燏、尹煥章二位先生也認爲泗洪縣重崗有大面積的西周遺存，並提出這裏可能是徐國的政治、經濟和文化中心 [註27]。

〔註27〕曾昭燏、尹煥章：《江蘇古代歷史上的兩個問題》，《江海學刊》1961 年第 12 期。

第二種說法見於《史記‧秦本紀》注引《括地志》：

　　徐城在越州鄮縣東南入海二百里。夏侯《志》云：翁洲上有徐

偃王城……或云命楚王帥師伐之，偃王乃於此處立城以終。

　　鄮縣在今浙江鄞縣東。然而此地距徐本土甚遠，春秋戰國時爲越之腹地，徐偃王遠涉此地立城實難令人置信。但若以多年來在浙江不斷有徐器出土和浙江地方志中有不少關於徐偃王的傳說來分析，鄮縣的徐城，或者可以認爲徐人的一支在春秋早、中期跨江入越或滅國後越人憐其與吳爭而亡，允許部分徐人入境安身立命所留下的遺跡。所謂「立城以終」，其實不過是寄人籬下、苟延殘喘的行爲而已。

　　第三種說法是在今江蘇邳州一帶，《後漢書‧東夷列傳》曰：

　　後徐夷僭號，乃率九夷以伐宗周，西至河上。穆王畏其方熾，

乃分東方諸侯，命徐偃王主之。偃王處潢池東，地方五百里，行仁

義，陸地而朝者三十有六國，穆王後得驥騄之乘，乃使造父御以告

楚，令伐徐，一日而至。於是楚文王大舉兵而滅之。偃王仁而無權，

不忍鬭其人，故至於敗。乃北走彭城武原縣東山下，百姓隨之者以

萬數，因名其山爲徐山。

又據《水經注》卷二十五：

　　縣（按：指下邳，位於今睢寧古邳鎮）爲沂、泗之會也。又有

武原水注之。水出彭城武原縣西北，會注陂南，逕其城西，王莽之

和樂亭也。縣（按：指武原縣）東有徐廟山，山因徐徙，即以名之

也。山上有石室，徐廟也。

　　該說起源較早，且爲正史所載，然而影響卻不大。在先秦古籍有關徐國的記載中幾乎不見提及，且武原縣在今邳州境內，當時邳國國都也緊鄰此地，因而有學者對此持懷疑態度，認爲此地並立二都似乎不可能〔註28〕。

　　這三種說法中，以第一種說法即「臨淮徐縣說」影響最大，譚其驤主編的《中國歷史地圖集》〔註29〕即採納這種說法，然而多年來江蘇考古工作者在這

〔註28〕賀雲翱：《徐國史初探》，《南京博物院集刊》第 5 輯，1982 年。
〔註29〕譚其驤主編《中國歷史地圖集》，地圖出版社，1982 年。

一地區做了大量的工作，卻一直未能發現春秋時期諸如城垣、大型墓葬等方面的遺跡，因而這個觀點的可靠性值得懷疑。第二種說法即「越州鄮縣說」也存在同樣的問題，即得不到考古學上的印證，儘管在浙江保存有大量的關於徐偃王的傳說和遺跡，也曾出土過一些徐器，這只能反映徐人的勢力曾到達過這裏，而無法證明徐國曾徙都城於此。

第三種說法即「彭城武原說」出現較早，見於《後漢書》、《水經注》等書中，卻長期沒有得到應有的重視，𨟠𠨍乍鐘和叔巢鐘的出土，以及九女墩大墓群和梁王城、鵝鴨城城址的考古發掘和調查，則從考古學上證實了史籍中關於春秋晚期徐人曾立國於漢彭城武原縣一帶的記載是有根據的，梁王城、鵝鴨城正處在漢武原縣城的位置，故梁王城、鵝鴨城很可能是春秋晚期徐國都城遺址。今邳州有禹王山，應為徐王山（或者也可能與末代徐王章禹有關）之諧音，戴莊鎮境內還有依宿山，俗稱徐山。另外宿羊山鎮有宿羊山，似為徐偃山之諧音。結合有關文獻記載和民間傳說，我們可以初步推斷梁王城和鵝鴨城就是春秋中葉至春秋晚期徐國的都城遺址。

1、梁王城遺址

梁王城遺址位於戴莊鄉禹王山西北麓，中運河從遺址西邊留過，現仍留有殘存的城牆遺跡，城為方形，邊長各約 1000 米。據村民介紹，五十年代時南邊城牆的三座城門還可看出個大概。城址西部有一高出地面 2 至 3 米的長方形臺地，南高北低，面積約為 18000 平方米，當地百姓稱之為金鑾殿。金鑾殿遺址地表多黃灰土，惟有些地方是深灰土，在河道沖刷的斷壁上可看出灰層，上層堆積有壘壘的磚瓦，大缸、細柄豆，以及少數幾何印紋硬陶等。下層有灰繩紋陶鬲和罐，有弦紋的黑陶豆，還有鹿角、蚌殼、穿孔石斧，明顯表現出商周遺物特徵。從種種跡象看，金鑾殿遺址在春秋時期以及漢代曾建有宮室或宗廟一類大型建築〔註30〕。

1995 年夏，為配合南水北調工程，徐州博物館和邳州博物館對該遺址進行了發掘，這次發掘面積為 650 平方米，主要集中於遺址的西部，靠近金鑾殿的地方。遺址地層堆積情況複雜，最厚處達 6 米，共分 7 層，第 7、第 6 層為新石器時代遺存，第 5、第 4 層為商周時期堆積，第 3 層為漢代地層，第 2 層為

〔註30〕參見南京博物院：《1959 年冬徐州地區考古調查》，《考古》1960 年第 3 期。

漢代以後地層。

　　新石器時代文化遺存主要是大汶口文化遺存，共清理出灰坑 12 座，墓葬 10 座。灰坑呈圓形鍋底狀，墓葬多爲長方形土坑豎穴墓。另有少量甕棺葬。均東西向。隨葬品多少不一，有單人葬，男女合葬和幼兒甕棺葬，下葬時均拔去上頜側門齒，枕骨均有人工變形痕跡，有的以盆覆面。隨葬品有玉、石、骨、陶，其中陶器既有夾砂，又有泥質，更多見精巧的薄胎黑陶器。器形有盆、鼎、豆、罐、杯、鬹等。另外在遺址發掘中還清理出一批具有典型龍山文化的器物，如鳥首形足鼎，三足鼎等，但由於發掘面積有限，在探方中沒有發現完整的龍山文化地層。在這次發掘中還出土了幾件具有岳石文化特徵的器物，如蘑菇形紐蓋、弦紋豆、凸棱杯等。

　　第 5 層、第 4 層爲商周時期堆積，其中開口於 5 層下灰坑有 8 座，作圓形平底狀，壁與底均經過處理。灰坑與第 5 層共清理出石、骨、陶器多件，有卜骨、骨鋤、石鉞、石斧、陶鬲、陶甗、小陶方鼎等。開口於 4 層下的遺跡有墓葬與灰坑，其中 2 號墓、4 號墓出有青銅器。2 號墓爲女性單人仰身直肢葬，隨葬銅鼎、陶罐、陶豆、陶鬲、玉玦等。4 號墓爲男性單人葬，隨葬品均放在棺外的二層臺上，有銅鼎四件，銅劍、刀、戈各一，箭鏃 9 枚，另有陶罐、陶豆、陶鬲等。兩墓僅相距 2 米。從器物時代特徵分析，此二墓時代應爲春秋時期。在第 4 層還清理出一件具有典型齊文化特徵的半瓦當 〔註 31〕。

　　在商周時期地層，還發現有人造園景的遺跡，有一條長約十米、寬約一米用鵝卵石鋪成的小徑，小徑兩旁用奇形怪狀的石塊壘起高約七、八十釐米高的類似現今園林中假山一般的造型，在其附近路面下方約一米處發現鋪有陶製下水管道以及陶井圈。

　　距梁王城北約 1 公里的劉林遺址，是一處內容豐富的新石器至商周時代文化遺址。1958 年冬，這裏發現一座春秋時期貴族墓葬 〔註 32〕，出土了大量青銅器，大多已流失，徵集到的有方壺 2 件，鏤空方蓋 1 件，西替簠 2 件（其中 1 件有銘文兩行八字：「西替作其妹𩈍尊鈷」），匜 1 件，銜 2 件，勺 2 件，鑰 3 件

〔註31〕參見盛儲彬、姚景洲：《梁王城遺址揭示出一批重要遺跡與遺物》，中國文物報，1996 年 8 月 4 日，第 1 版。

〔註32〕南京博物院：《1959 年冬徐州地區考古調查》，《考古》1960 年第 3 期。

（其中一件剔出銘文：「西替乍其妹斳觶鉦鐺」），鏤空瓿 1 件，大鼎 1 件（此墓部分器物圖見附圖十二）。據高明、張正祥等先生的考證〔註33〕，西替鐺的時代應爲春秋中、晚期，約爲公元前 600 年前後。

據《後漢書・東夷列傳》、《水經・濟水注》等書的記載，徐在周與楚的打擊之下，向北遷徙到漢彭城武原縣一帶，這段史料記載與考古發掘情況正相符合。考古材料證明，梁王城一帶不但是漢代武原縣的城址，而且還是春秋時期至少是春秋中、晚期徐國的都城遺址，而這裏眾多風格獨特，前後連續的新石器時代至商周時期遺址又表明徐人或許即爲此地的土著居民。

當地百姓中還流傳這樣一句婦孺皆知的民謠：

> 先有糧王八百載，後有梁王拜智公（按：糧王或曰梁王，智公
> 或曰濟公）。

這前一糧王應指春秋中期的徐王糧，後一梁王可能指沉迷於佛門的梁武帝，智公爲當地高僧。所謂「八百載」並非確指，應爲約數。（後一梁王也可能與漢代封於今商丘一帶的梁王有關。）徐王糧見於《徐王糧鼎》和《宜桐盉》兩器銘文。

《徐王糧鼎》銘文爲：

> 絶王糧用其良金，鑄其觶鼎，用鬻庶臘，用饗賓客，子子孫孫，
> 世世是若。

《宜桐盉》銘文爲：

> 隹正月初吉日己酉，絶王季糧之孫宜桐，作鑄飤盉以媵妹，孫子
> 永壽用之。

梁王城的「梁」字當地亦寫作「糧」，應與徐王糧（即絶王季糧）有關。另外，梁王城、鵝鴨城一帶在古代屬偃武鄉，「偃武」可能是徐偃王的「偃王」之諧音。

在當地民間還流傳著這樣的傳說，據說古時糧王有個女兒遠嫁給齊王（或蘭陵王），爲了方便看望女兒，糧王特地挖了一條河，直通齊國。至今梁王城北

〔註33〕參見高明：《高明論著選集》，科學出版社，2001 年；張正祥：《西替鐺》，《南京博物院集刊》第 5 輯，1982 年。

有條河還被稱作運女河。徐王曾嫁女於齊侯，在《左傳・僖公十七年》（公元前644年）中有記載：

> 齊侯之夫人三：王姬、徐嬴、蔡姬。

徐爲嬴姓，徐嬴無疑當來自徐國，這一記載與以上民間傳說正相符合。

其實徐王挖河的眞正目的不單是爲了方便看望女兒，恐怕還是另有所圖。如《博物志・異聞》引《徐偃王志》說：

> 偃王既襲其國，仁義著聞。欲舟行上國，乃通溝陳蔡之間，得朱弓矢。以己得天瑞，遂因名爲號，自稱徐偃王。江淮諸侯皆伏從，伏從者三十六國。

由此可見，徐王挖河的目的在於「舟行上國」，以圖霸業。至今梁王城北還有一條河叫陶溝河，與上文「通溝」諧音，可能與當時徐王爲「舟行上國」所挖之河有關。從中可以看出，早在春秋之際，徐人已能利用水網之便開溝通航，而後來吳越北上爭霸所開發、利用的水道應是在徐人已有水道的基礎上進而擴之，如今京杭大運河正從梁王城邊流過，或與當初徐人開溝通航有一定的聯繫。

2、鵝鴨城遺址

鵝鴨城遺址位於戴莊鄉山窩村谷山下，東距梁王城遺址 2 公里。北依青崗山、鍋山、西靠禹王山、勝陽山，南臨谷山，僅西南和東面有兩缺口，其餘皆爲群山環繞。東面有西泇河自東北向西南流過。目前仍可看見部分殘存城牆遺跡，部分城牆現存殘高 3～4 米，寬 10 餘米，城爲邊長各約 500 米的方形。該城址地勢比較低凹，農民在此種莊稼十年九澇，爲變廢爲寶，當地農民於 1992 年將此地挖成魚塘。在挖魚塘的過程中，曾挖出大面積的建築基址，有大量的石塊、瓦等建築材料，還有很多陶製水井圈、三棱銅鏃、鹿角料、幾何印紋陶片，獸骨及一組四枚編磬毛坯。四枚磬坯保存完整，但表面已被水嚴重溶蝕，磬體爲青灰色石灰岩製成，笨重厚實，未開倨孔，應爲開料後未經加工的磬坯。城址內其它遺物也均有長期經受水蝕的痕跡。這些遺物反映出商周時期文化特徵。

該城址的地理位置和城內遺物長期遭受水蝕的情況與有關文獻記載可相互印證，該城可能是吳滅徐時，徐王章禹所處的都城。

《春秋‧昭公三十年》：

> 冬十有二月，吳滅徐，徐子章羽奔楚。

《左傳‧昭公三十年》：

> 吳子使徐人執掩餘，使鍾吾人執燭庸。二公子奔楚，楚子大封而定其徙。……吳子怒，冬十二月，吳子執鍾吾子，遂伐徐，防山以水之。己卯，滅徐。徐子章禹斷其髮，攜其夫人以逆吳子。吳子唁而送之，使其逾臣從之，遂奔楚。楚沈尹戍帥師救徐，弗及。遂城夷，使徐子處之。

從以上記載可知，徐國的都城靠山近水，這樣吳人才能用「防山以水之」的手段迫使徐人投降。鵝鴨城規模遠小於梁王城，可能爲徐國勢力衰微時都城所在。

鵝鴨城這個名稱，儘管當地百姓傳說此城是由鎮守於此的糧王的鵝鴨二將而得名，而實際上有可能反映了徐人的圖騰崇拜。古代鵝又名舒雁（見《爾雅‧釋鳥》），而「徐偃」正與「舒雁」同音。這反映出在以鳥爲圖騰的東夷淮夷族群中，徐是以鵝，即「舒雁」爲圖騰的族群，（這一點正如群舒一樣，如舒鳩，可能是以鳩鳥爲圖騰的族群）。而所謂徐偃王也許並非單指某一位徐王，可能是泛指以舒雁（即鵝）爲圖騰的徐人的王。鵝與鴨爲種類相近的水禽，故可以合稱。《博物志‧異聞》引《徐偃王志》關於徐偃王誕生的傳說可與此相互印證：

> 徐君宮人娠而生卵，以爲不祥，棄之水濱。獨孤母有犬名鵠蒼，獵於水濱，得所棄卵，銜以東歸。獨孤母以爲異，覆暖之，遂孵成兒。

此傳說與東夷許多部落及商和東北一些民族祖先誕生的傳說相似，不同之處在於此卵被棄之水濱，而後又被一犬從水濱銜回，鵝鴨產卵一般在水濱，此似可印證徐族圖騰爲鵝、鴨之類的水禽。

當然，在有關梁王城和鵝鴨城爲徐國都城的證據中，最有力、最直接的還是本文第一章所介紹的幾座九女墩徐國王族大墓中所出土的材料。

徐國青銅器

1. 鑄儿鐘

2. B 型鎛鐘（M3：1）

3. B 型編鐘（DII M：14）

4. 沇儿鎛

5. 尊（M3：79）

6. III 式盤（M3：34）

7. A 型鼎（M3：41）

8. A 型鼎（M3：41，局部）

9. 尊（M3：79）

10. B 型壺（M3：64）

11. A 型編鐘（M3：11）

第二章　徐國銅器銘文綜合研究

　　由於徐國史料的極端匱乏，徐國銅器銘文材料對研究徐國的歷史和文化有著至關重要的作用，這些金文材料都保持了當時的原貌，沒有經過後人的傳抄和整理，是研究徐國歷史和文化的第一手寶貴資料。三十年代，郭沫若先生在其名著《兩周金文辭大系圖錄考釋》〔註1〕中對徐國銅器銘文作了初步的整理，共收錄七件具銘徐器。九十年代初，董楚平先生在《吳越徐舒金文集釋》〔註2〕中對徐國銅器銘文作了較系統的整理，共收錄二十三件具銘徐器。郭、董二位先生對徐國銅器銘文所作的整理和研究工作，成績應值得充分肯定，但也必須看到，由於受考古學條件的制約，他們未能充分利用考古學的方法對徐國銅器銘文進行綜合研究，特別是近年來，在徐國故地江蘇邳州，發掘了多座九女墩徐國貴族大墓，出土了一批重要的徐國具銘銅器，對系統、全面研究徐國青銅文化有重要意義，而這些都是他們未曾見到的。因此，當前有必要以新的考古發掘材料爲基礎，充分利用考古學的方法對徐國銅器銘文進行全面、系統的整理和研究。

〔註1〕郭沫若：《兩周金文辭大系圖錄考釋》，上海古籍出版社，1999年。

〔註2〕董楚平：《吳越徐舒金文集釋》，浙江古籍出版社，1992年。

第一節 徐國銅器銘文匯考

一、春秋早期徐國銅器銘文匯考

1、余子汆鼎

時代：春秋早期

出土：山東費縣上冶公社臺子溝

現藏：費縣圖書館

圖像：《考古》1983 年 2 期

拓片：《殷周金文集成》2390

銘文：

> 余子汆之鼎，百歲用之。

該鼎的形制是，沿耳直立，三蹄形足，腹爲半球狀，腹部飾變形蟬紋一周，與陝縣上村嶺 M1052：148 相近，時代應定在春秋早期。《殷周金文集成》定爲春秋中期，不確。

文獻中有徐人曾據有魯東之地的記載，如，

《尚書·費誓》：

> 公曰：……徂茲淮夷、徐戎並興。……甲戌，我惟征徐戎。

《書序》：

> 魯侯伯禽宅曲阜，徐、夷並興，東郊不開，作費誓。

顧頡剛先生在《徐和淮夷的遷、留》〔註3〕說：「余永梁《費誓的時代考》說《費誓》是春秋時魯僖公所作，但在《春秋》和《左傳》裏僖公時並沒有淮夷、徐戎共同伐魯的事，而且徐戎在那時已不居魯東，此說殊難成立。」余子汆鼎在費縣的出土，表明余永梁的觀點並非是無稽之談，春秋早期徐人確曾在魯東一帶活動過。值得注意的是，器主自稱「余子」這在徐器中僅見，徐人僭號稱王，在文獻和金文中常見，這裏稱子，應有其特殊的歷史背景。

2、余太子白辰鼎

時代：春秋早期

〔註3〕顧頡剛：《徐和淮夷的遷留》，《文史》第三十二輯，中華書局，1990 年。

出土：湖北枝江縣文安關廟山
現藏：宜昌地區博物館
圖像：《江漢考古》1984 年 1 期
拓片：《殷周金文集成》2652
銘文：

隹五月初吉丁亥，余太子白辰，□作為其好妻□□鼎，於橐璽，永寶用之。

該鼎的形制與余子汆鼎相近，腹部飾有兩方連續的蟠螭紋，為西周晚期至春秋早期形態。比較特別的是，徐國的「徐」在春秋時期金文中一般均寫作郐，余太子鼎和余子汆鼎，徐字都沒加邑旁，這大概是春秋早期徐國銅器銘文的一個特點，在《曩甫人匜》（見《殷周金文集成》10261）中也有一例，「曩甫人余余王寶戲孫，茲作寶匜，子子孫孫永寶用」。

二、春秋中期徐國銅器銘文匯考

3、徐王糧鼎
時代：春秋中期偏早
出土：不詳
現藏：不詳
圖像：《兩周金文辭大系圖錄考釋》圖 37
拓片：《殷周金文集成》2675
銘文：

郐王糧用其良金，鑄其饌鼎，用鬻庶臘，用饔賓客，子子孫孫，世世是若。

該鼎的形制與余子汆鼎和余太子鼎相近，胸部飾竊曲紋一周。李學勤先生認為，該鼎「淺腹聚足，是春秋中期偏早器物，相當春秋僖、文時期」〔註 4〕。可從。《殷周金文集成》定其為春秋早期，略偏早了一點。今江蘇邳州境內有春

〔註 4〕李學勤：《從新出青銅器看長江下游文化的發展》，《新出青銅器研究》，文物出版社，1990 年。

秋時期梁王城遺址（當地方志中亦寫作糧王城），或與這位郒王糧有關。

4、宜桐盂

時代：春秋中期

出土：不詳

現藏：不詳

圖像：不詳

拓片：《兩周金文辭大系圖錄考釋》錄 165

銘文：

> 隹正月初吉日己酉，郒王季糧之孫宜桐，作鑄𩱦盂以媵妹，孫子永壽用之。

李學勤先生認爲，「宜桐的時代春秋中期偏晚，約當宣、成時期。」〔註5〕由於該器銘文字體與《徐王糧鼎》銘文字體相近，郭沫若先生在《兩周金文辭大系圖錄考釋》〔註6〕中認爲，「郒王季糧殆即郒王糧，一字一名也」。我們贊同這二位學者的觀點，郒王季糧與郒王糧很可能指的是同一個人。宜桐爲郒王季糧之孫，當與其相距不甚遠。從該器銘文還可知郒王季糧在兄弟中排行老小。

5、庚兒鼎

時代：春秋中期

出土：山西侯馬上馬村 13 號墓，共兩件

現藏：山西省博物館

圖像：《考古》1963 年 5 期

拓片：《殷周金文集成》2715、2716

銘文：

> 隹正月初吉丁亥，郒王之子庚兒自作𩱦繁，用徵用行，用龢用鬻，眉壽無疆。

〔註 5〕 李學勤：《從新出青銅器看長江下游文化的發展》,《新出青銅器研究》,文物出版社，1990 年。

〔註 6〕 郭沫若：《兩周金文辭大系圖錄考釋》,上海古籍出版社，1999 年。

該器腹部有蟠螭紋兩層，中間隔以絢紋，耳部是蟠螭紋，足膝部作饕餮紋。李學勤先生認爲，該鼎「附耳斂頸，有分解了的蟠螭紋，屬於春秋中期偏晚」〔註7〕。該鼎文字筆勢流暢，舒朗奔放，與徐器沇兒鎛和王孫遺者鐘非常相近，該鼎可能作於魯襄公時期（公元前572～公元前542年）。

6、沇兒鎛

時代：春秋中期偏晚

出土：傳出湖北荊州（《綴古齋彝器款識考釋》2.14）

現藏：上海博物館

圖像：《中國音樂文物大系上海卷、江蘇卷》頁88

拓片：《殷周金文集成》203

銘文：

> 隹正月初吉丁亥，郐王庚之淑子沇兒，擇其吉金，自作龢鐘，中
> 韠叔昜，元鳴孔皇，孔嘉元成，用盤飲酒，龢會百姓，淑於威儀，惠
> 於盟祀，歔以宴以喜，以樂嘉賓及我父兄庶士，皇皇熙熙，眉壽無期，
> 子孫永保鼓之。

該鎛鈕已缺失，從痕跡上看，原鈕應爲較複雜的對稱式蟠龍鈕。枚作螺旋狀，鼓部飾對稱式的八龍交纏紋，紋飾精緻華麗。器主沇兒自稱郐王庚之子，該鎛的時代當與庚兒鼎相距不甚遠，爲春秋中期略晚之器。

三、春秋晚期金文匯考

7、徐王子旃鈕鐘

時代：春秋晚期

出土：不詳

現藏：故宮博物院

圖像：《金石索》1.61-62

拓片：《殷周金文集成》182

〔註7〕李學勤：《從新出青銅器看長江下游文化的發展》，《新出青銅器研究》，文物出版社，1990年。

銘文：

隹正月初吉元日癸亥，郘王子旃，擇其吉金，自作龢鐘，以敬盟祀，以樂嘉賓倗友諸賢，兼以父兄庶士，以宴以喜，中翰叡鴋，元鳴孔皇，其音警警，聞於四方，韹韹熙熙，眉壽無期，子子孫孫，萬世鼓之。

該鐘銘文內容和紋飾風格與春秋晚期時的王孫遺者鐘、儔兒鐘、達邟鎛相近，應爲春秋晚期時器。

8、儔兒鐘

時代：春秋晚期

出土：不詳

現藏：故宮博物院兩枚、上海博物館兩枚

圖像：《中國音樂文物大系上海卷、江蘇卷》頁 74

拓片：《殷周金文集成》183～186

銘文：

隹正九月初吉丁亥，曾孫儔兒，余迖斯於之孫。余茲咎之元子，曰，「烏虖，敬哉，余義楚之良臣，而逨之字父，余贎逨兒得吉金鎛鋁以鑄龢鐘，以追孝先祖，樂我父兄，飲飤歌舞，孫孫用之，後民是語」。

該鐘《殷周金文集成》定名爲余贎逨兒鐘，不確。「贎」應爲動詞，爲「賜、贈」之意，器主應爲儔兒。（董楚平先生在《吳越徐舒金文集釋》〔註 8〕中對此有詳細考證，詳見該書頁 300。）該鐘鈕的形狀較特殊，是長方形單鈕與對稱式蟠龍複鈕的組合。枚作螺旋狀，鐘體均飾變形龍紋。據《春秋》昭公六年：「徐義楚聘於楚。」數件徐王義楚器的出土表明，義楚後來成爲徐王。儔兒自稱爲義楚之良臣則其爲徐國大夫無疑，該鐘應鑄於義楚爲徐王時期，即公元前 536 年之後，公元前 512 年徐亡之前。

9、叡巢鎛

〔註 8〕董楚平：《吳越徐舒金文集釋》，浙江古籍出版社，1992 年。

時代：春秋晚期

出土：江蘇邳州九女墩二號墩，共六枚

現藏：南京博物院

圖像：《中國音樂文物大系上海卷、江蘇卷》，頁 184

拓片：《考古》2000 年第 6 期，頁 74

銘文：

> 隹王正月初吉庚午，齬巢曰：「余攻王之玄孫，余詨子，擇其吉金，自作鏞鐘，以享以孝，於我皇祖，至於子孫，永寶是奢。」

該鐘有學者認爲是吳器，認爲銘文中的「攻王」即「攻敔王」，我們認爲從該鎛的形制、紋飾及銘文字體的風格看，以及從九女墩二號墩的文化屬性上看，該器應爲徐器。《考古》1999 年第 11 期發表了谷建祥、魏宜輝先生的《邳州九女墩所出編鎛銘文考辨》（下面簡稱《考辨》），該文作者根據這組編鎛的形制、銘文和紋飾等方面特點，判斷齬巢編鎛當屬春秋晚期時器，這無疑是正確的。但是該文作者認爲，「齬巢編鎛銘文中的『攻王』是由『攻吳王』之脫漏造成的，因此這批銅器也就可以斷定爲吳器」〔註9〕，這個結論則是我們所不敢苟同的。

我們認爲，無論是從銘文的內容上看，還是從齬巢編鎛的形制、紋飾和銘文字體風格上看，或者是從邳州九女墩二號墩所處的地理位置及其所出器物的整體風格上看，齬巢編鎛都應爲徐器，而非吳器。

①從邏輯上講，漏字之說不能成立。齬巢編鎛共有六枚，形制相仿，大小相次。最大的一枚重 8.6 千克，鉦長 25.8 釐米；最大的一枚重 2.5 千克，鉦長 16.3 釐米。而且《考辨》稱齬巢編鎛銘文「行款有異」。因而，這六枚編鎛並非一範鑄成，由此可知，這六枚齬巢編鎛銘文應是分別鑄或刻成的。既然如此，脫漏之說就很難成立，因爲如果確係脫漏，最多漏刻一件、兩件，總不致於六件全都漏刻。況且由該組編鎛「隧部內側和兩銑角有磋痕」，可知這組編鎛均經過調音師的精心銼磨調試，應爲實用之樂器，而非匆忙作成專作陪

〔註9〕 參見谷建祥、魏宜輝：《邳州九女墩所出編鎛銘文考辨》，《考古》1999 年第 11 期；馮時《齬巢鐘銘文考釋》，《考古》2000 年第 6 期；曾憲通：《吳王鐘銘考釋——薛氏〈款識〉商鐘四新解》，《古文字研究》第十七輯，中華書局，1989 年。

葬用的冥器，既爲日常實用之重器，如果銘文眞的漏刻，也一定會被器主及時發現而採取相應的補救措施，絕不會對此視若無睹，聽之任之。再者，編鐘乃國之重器，先公先王的名號頭銜更是神聖無比，祖先名號頭銜出現漏刻的可能性實在是微乎其微，如果眞的出現了無法補救的漏刻現象，器主寧可毀器重鑄，也不會容忍這種大不敬現象的存在。

②從春秋時期金文體例上看，《叡巢編鎛》銘文在稱謂也不存在所謂漏刻現象。《叡巢編鎛》銘文如下：

> 隹王正月初吉庚午，叡巢曰：「余攻王之玄孫，余狡子，擇其吉金，自作龢鐘，以享以孝，於我皇祖，至於子孫，永寶是舍。」

馮時先生引曾憲通先生語稱，「攻敔可急讀減音而稱攻或吳」〔註10〕。我們認爲吳國國名單稱吳有證據，單稱攻卻沒有實證。從語法上講，攻在攻敔一詞中是發語詞，不可單稱。從金文的實例上看，吳國國名在金文中或寫作工盧，或寫作攻敔，或單寫作吳，卻從沒有單獨寫作攻的。如，1997年在邳州九女墩四號墩（位於邳州九女墩三號墩東約二公里）出土一具銘銅器殘片，上有「工盧王之孫□□□……作𤓯鑒」。鑒爲盃形水器，多用作媵器，如陝西長安縣張家坡出土的白百父鑒，蓋內銘文爲「白百父作孟姬媵鑒」〔註11〕。𤓯鑒出土於徐國貴族墓地，應與徐吳聯姻有關。𤓯很可能就是嫁與徐王的吳國貴族女子。這與史書記載相符，如《左傳·昭公四年》有：「徐子，吳出也，以爲二焉，故執諸申。」據《爾雅》：「男子謂姊妹之子爲出。」可見昭公四年時的徐王的母親是吳國貴族女子。從紋飾風格和字體特點上分析，𤓯鑒時代應與叡巢鐘相近，出土地點也鄰近，𤓯鑒並沒有在「工盧王」上出現漏字或急讀減音而省稱爲「攻王」的現象，這更加證實了叡巢鐘銘文中的「攻王」並非吳王。

春秋時期，銅器銘文上器主自稱爲「某某之玄孫」的時候，玄孫前面的定語一般均爲具體某位王的名號（尤其當「某某之玄孫」之後緊接著「某某之子」更是如此），比如：

安徽舒城九里墩出土的青銅器座銘文（《殷周金文集成》429）：

〔註10〕馮時《叡巢鐘銘文考釋》，《考古》2000年第6期。

〔註11〕李西興：《陝西青銅器》，陝西人民美術出版社，1994年11月。

隹正月初吉庚午，余舟此於之玄孫⋯⋯

由此可知，《叡巢編鎛》中的「攻王」應爲具體某位王的名號，那麼，這位「攻王」究竟是誰呢？我們認爲此君很可能是《禮記・檀弓下》中徐國大夫容居所說的徐國先君駒王。《禮記・檀弓下》中的原話如下：

> 邾婁考公之喪，徐君使容居來弔含，曰：「寡君使容居坐含，進侯玉，其使容居以含」。有司曰：「諸侯之來辱敝邑者，易則易，於則於，易於雜者，未之有也」。容居對曰：「容居聞之，事君不敢忘其君，亦不敢遺其祖，昔我先君駒王西討，濟於河，無所不用斯言也。容居魯人也，不敢忘其祖」。

金文中「攻」與「句」相通，如《宋公䜌簠》（《殷周金文集成》4589）：

有殷天乙唐孫宋公䜌，乍其妹句敬夫人季子媵簠。

文獻中「攻」與「句」相通的例子更是屢見不鮮，攻敔常被寫作句吳。而「駒」與「句」音同或可通假。因而「攻王」很可能指的就是「駒王」。

1984 年，江蘇丹徒北山頂春秋大墓出土的《次□缶蓋》上刻有：

徐頵君之孫，利之元子次□擇其吉金，自作卵缶，眉壽無期，子子孫孫，羕保用之。

《次□缶蓋》的出土首次從古文字學和考古學的角度證實了《禮記・檀弓下》中關於徐國先君駒王的記載，從《次□缶蓋》和《叡巢編鎛》銘文可以看出，駒王的確是徐國歷史上聲名顯赫的一代君王，直到春秋晚期徐人仍念念不忘自己是「徐頵君之孫」、「攻王之玄孫」。這裏的「頵」、「攻」與「駒」可能是同音通假。

③從稱謂上看，春秋時期，銅器銘文中器主自稱「某某之玄孫」、「某某之曾孫」的多見於徐國銅器，如《儔兒鐘》：

隹正九月初吉丁亥，曾孫儔兒，余迭斯於之孫。余茲䣓之元子，曰，「烏虖，敬哉，余義楚之良臣，而逿之字父，余購逿兒得吉金鎛鋁以鑄龢鐘，以追孝先祖，樂我父兄，飲飤歌舞，孫孫用之，後民是語。

而吳國銅器銘文中一般只稱器主本名，或有稱「某某之子」的，稱「某

某之孫」的已較少見，至於器主自稱「某某之玄孫」、「某某之曾孫」的則迄今未見。

④從銘文內容和字體風格上看，《叡巢編鎛》與邳州九女墩三號墩所出《𡛥乍鈕鐘》相近。《𡛥乍鈕鐘》銘文如下：

> 唯正月初吉丁亥，徐王之孫𡛥乍，擇其吉金，鑄其龢鐘，以享以孝，用蘄眉壽，子子孫孫，永保用之。

出土叡巢編鎛的邳州九女墩二號墩出土與𡛥乍鈕鐘的邳州九女墩三號墩𡛥乍鈕鐘相距僅五、六十米，二者時代相近，風格相似，應同爲徐器。

另外叡巢編鎛上「永寶是舍」，有學者釋「舍」爲「娛」，其實若釋作「余」，通「徐」，也是可以講通的，古文字中從邑旁與從口旁的字有時邑旁和口旁可相互置換。不錯，編鐘確有娛樂的功能，但娛樂只是一種手段，通過演奏，以享以孝，娛悅列祖列宗，從而祈禱祖先神靈來保祐國家、降福子孫後代，這才是最終的目的。金文中「寶」與「保」常可互用。因此「永寶是舍」似應解釋爲「永遠保祐徐國」。

⑤從鐘的形制、紋飾上和銘文字體風格看，叡巢編鎛與徐器遱邧鎛十分相似，而與吳器者減鐘迥異其趣。叡巢編鎛與徐器遱邧鎛除在鈕的形制上有所不同外（前者爲長方形單鈕，後者爲對稱式蟠龍複鈕），二者在鼓部、舞部和篆部的裝飾如出一轍，均飾具有典型徐器裝飾風格的羽翅式獸體捲曲紋。二者在銘文字體風格上也極爲接近，正如彭適凡先生所總結的那樣，「纖細中顯得規整，流暢中顯得持重」，爲典型的春秋晚期徐器銘文的風格。

⑥最後，從邳州九女墩大墓群的性質來看，邳州九女墩大墓群爲春秋晚期徐國王族墓地，叡巢編鎛既然出自徐人墓地，且又具有明顯的徐器特徵，自然理應爲徐器。

10、𡛥乍鈕鐘

時代：春秋晚期

出土：江蘇邳州九女墩三號墩，共九枚

現藏：江蘇邳州博物館

圖像：《中國音樂文物大系上海卷、江蘇卷》，頁190

拓片：《考古》2002年第5期，頁35

銘文：

　　唯正月初吉丁亥，徐王之孫𠂤𠂤乍，擇其吉金，鑄其龢鐘，以享以孝，用蘄眉壽，子子孫孫，永保用之。

鈕鐘共九枚，銘文內容大致相同，僅行款順序略有差異，共七行三十八字。行款方向基本一致，大體上均從左至右，只在右銑處最後三行爲從右至左。各鐘銘文均有程度不等的殘泐，合各鐘可得銘文如下：

「唯正月初吉丁（亥），徐王之孫𠂤𠂤乍，擇其吉金，鑄其和鐘，以享以孝，用蘄眉（壽），子子孫孫，永保用之。」

由銘文可知，器主爲徐國王室貴族。按春秋金文慣例一般在稱某某之孫後，應緊接著再稱某某之子。如：

《䣄邚鐘》：舍王之孫𦀚楚欵之子䣄邚。

《叔巢鐘》：叔巢曰余攻王之玄孫，余㤅子。

《臧孫鐘》：攻敔中終肢之外孫，坪之子臧孫。

《儔兒鐘》：曾孫儔兒，余迖斯於之孫。余茲䓵之元子。

𠂤𠂤乍鐘上只稱徐王之孫，而未提及其父，很可能由於其父去世過早或其它原因，沒有繼承王位，地位不夠顯赫。

𠂤𠂤乍編鐘，形制、紋飾基本一致，大小相次成一組。鐘體厚實，聲音宏亮，表面銹蝕較輕，銅胎較好。長方形鈕，銑棱齊直，於口弧曲較大。鈕爲素面，舞、篆間均爲夒龍紋。鼓部爲交龍紋，兩兩相對，龍身以雷紋爲地，十分精緻。其裝飾風格與著名徐器沇兒鐘極爲相似。

𠂤𠂤乍編鐘銘文與春秋晚期大多數編鐘銘文內容相近，均爲當時編鐘上的套語，銘文內容本身並沒有什麼特別之處。然而由於該組編鐘是首次出土於徐國故地的具銘徐器，而且又是出自首座在徐國本土未曾被盜擾的徐國王族大墓中，它就具有一些特殊的史料價值了。

11、王孫遺者甬鐘

時代：春秋晚期

出土：湖北荊州宜都山中（《荊南萃古編》）

現藏：美國舊金山亞洲美術博物館布倫戴奇藏品

圖像：《殷周青銅器通論》圖 294

拓片：《殷周金文集成》261

銘文：

> 隹正月初吉丁亥，王孫遺者擇其吉金，自作龢鐘，中韓叔鴋，元鳴孔皇，用享於我皇祖文考，用祈眉壽，余圅龏䤾屖，畏婁趩趩，肅䣍聖武，惠於政德，淑於威儀，誨猷丕飤，闌闌龢鐘，用匽以喜，用樂嘉賓、父兄及我倗友，余恁叼心，延永余德，龢泛民人，余專昀於國，兟兟趣趣，萬年無期，枼萬孫子，永保鼓之。

該鐘學術界原來一致認為是徐國銅器，因為無論是銘文的內容，還是銘文字體的風格，或者是鐘的形制、紋飾，均與徐王子旃鐘、沇兒鎛、儔兒鐘等著名徐器有相似之處。郭沫若先生在《兩周金文辭大系圖錄考釋》中指出，「遺者者，余意當即容居。……遺容雙聲，居者疊韻。其自稱『王孫』與其祖先君駒王正相合。」郭沫若先生將遺者的年代考訂為邾宣公、魯襄公時期。但八十年代初以來，隨著河南淅川下寺楚墓出土了王孫誥鐘，孫啟康先生寫了《楚器王孫遺者鐘考辨》〔註12〕，認為王孫誥鐘是楚器，而王孫遺者鐘與王孫誥鐘十分相像，因而王孫遺者鐘也應是楚器，隨後學者們大多認同了這一的觀點，將王孫遺者鐘定為楚器。我們認為淅川下寺墓地所出器物的文化因素十分複雜，有楚器，同時也有大量的非楚器。將王孫誥鐘與典型楚國編鐘相比，我們認為無論是從銘文的內容，還是從銘文字體的風格，或者是從鐘的形制、紋飾上看，差別還是比較明顯的。「王孫遺者鐘楚器說」立論的依據並不可靠，我們認為王孫遺者鐘仍應定為徐器。

12、王孫誥甬鐘

時代：春秋晚期

出土：河南淅川下寺二號墓，共二十六枚

現藏：河南省博物館

圖像：《淅川下寺春秋楚墓》圖版六十

拓片：《淅川下寺春秋楚墓》頁143

銘文：

〔註12〕孫啟康：《楚器王孫遺者鐘考辨》，《江漢考古》1983年第4期。

佳正月初吉丁亥，王孫誥擇其吉金，自作龢鐘，中韓叔鍚，元鳴孔皇，有嚴穆穆，敬事楚王。余不畏不差，惠於政德，淑於威儀，函龏鈇屖，畏嬰趩趩，肅哲臧武，聞於四國，恭厥盟祀，永受其福，武於戎攻，誨猷丕飤，闌闌龢鐘，用匽以喜，以樂楚王、者（諸）侯、嘉賓及我父兄、者（諸）士，趩趩趣趣，萬年無期，永保鼓之。

如上所述，該鐘學者們大都認為是楚器，但從銘文的內容上看，該鐘上的「有嚴穆穆，敬事楚王……以樂楚王、諸侯、嘉賓及我父兄、諸士」。這種口氣不似楚國貴族的口吻，而倒是像作為楚屬國之君，或是寓居楚國的他國質子的口吻，流露出畏懼和謹小慎微的心態。如果是楚國貴族的話，似無必要這樣直白地強調自己的忠心和順從，也無必要在「王」前加上「楚」字。如《儔兒鐘》稱呼徐王義楚即直呼其名：「曾孫儔兒，余迭斯於之孫，余茲𦥑之元子，曰，『烏虖，敬哉，余義楚之良臣……』」

從「以樂楚王、諸侯、嘉賓及我父兄諸士」這句話來看，作器者雖然言辭卑微，但至少在名份上，仍保持著與楚王及諸侯同等的身份和地位，而這種身份和地位是楚國一般貴族所不可能具有的。由於該鐘與眾多徐國編鐘有著許多相似之處，邳州九女墩三號墩所出甬鐘即與該鐘在形制、紋飾上極為接近，而且據《左傳》記載，徐國曾遣世子入質楚國，徐子亦曾為楚所執，吳滅徐後，徐王逃往楚國。這些都表明徐與楚保持著十分密切的關係。故我們認為王孫誥鐘應為徐器，王孫誥很可能是一代徐王，該鐘或者是王孫誥作為徐國嗣君入質楚國時所鑄，或者是為楚所執的徐子被羈押在楚時所鑄，或者是徐為吳滅之後，避難到楚國的徐國君主所鑄。由於該編鐘在形制、紋飾、字體風格、銘文內容等許多方面均與徐王子旃鐘、沇兒鎛等具銘徐器十分相近，故應定為徐器。

13、䣄邚鈕鐘、䣄邚鎛

時代：春秋晚期

出土：江蘇丹徒北山頂，鐘七枚、鎛五枚

現藏：南京博物院

圖像：《中國音樂文物大系上海卷、江蘇卷》，頁 180、188

拓片：《東南文化》1988 年第 3～4 合刊，頁 26、30

銘文：

　　唯王正月初吉丁亥，舍王之孫，扎目楚馱之子遱邝，擇其吉金，作鑄龢鐘，以享以孝於我先祖，余鑄鏐是擇，允唯吉金，作鑄龢鐘，我以夏以南，中鳴媞好，我以樂我心，也也巳巳，子子孫孫，羕保用之。

　　關於該器的國別，學術界有舒和徐兩種觀點。曹錦炎先生在《遱邝編鐘銘文釋議》〔註13〕中認為，舍讀為舒，舍王即舒王，指春秋時期舒國之君。商志醰、唐鈺明先生在《江蘇丹徒北山頂鐘鼎銘文釋證》〔註14〕中則認為「舍」古通「余」，並舉中山王嚳鼎「今舍方壯」為例，又舉余太子白辰鼎、余子氽鼎為例說明「余」通「徐」。我們贊同後者的觀點，配兒鉤鑃上有「舍擇其吉金」，也可證明「舍」古通「餘」。楊樹達先生在《積微居金文說·舍武鐘跋》〔註15〕中也寫道，「《綴遺齋彝器考釋》卷二（拾貳頁上）載舍武編鐘，銘文云，『舍武於戎攻……』。舍字方氏讀為舒，非是。余謂字當讀為余。《說文·八部》餘字從八舍省聲，魏《三字石經書·大誥》『予惟小子』，予字古文作舍，即餘字也。從八，從舍不省，可證也」。

　　郭店楚墓竹簡《老子》甲書，「孰能濁以靜者，將徐清；孰能安以逆者，將徐生」中的兩個「徐」字分別寫作 (字形) 和 (字形)，這可以證實《遱邝鏄》中「舍王之孫」的舍即為徐。與遱邝鏄同出的徐王矛上的銘文，「龡自作(字形)，工其元用。」在《江蘇丹徒北山頂春秋墓發掘報告》中〔註16〕，發掘者認為「龡」為「餘昧」的合文，該矛為吳王餘昧矛。商志醰、唐鈺明先生在《江蘇丹徒北山頂鐘鼎銘文釋證》〔註17〕中認為，「龡」乃合文，其上半部作舍，同舍，即徐，下半部似作(字形)字，此當為徐王自作之矛。結合郭店楚墓竹簡《老子》甲書中徐字的寫法，我們認為後者的觀點是正確的，因從北山頂墓的文化屬性及該矛銘文本身來看，這件矛應為徐器。再者，由於無論在文獻中，還是在

〔註13〕曹錦炎：《遱邝編鐘銘文釋議》，《文物》1989 年第 4 期。

〔註14〕商志醰、唐鈺明：《江蘇丹徒北山頂鐘鼎銘文釋證》，《文物》1989 年第 4 期。

〔註15〕楊樹達：《積微居金文說》，科學出版社，1959 年。

〔註16〕江蘇省丹徒考古隊：《江蘇丹徒北山頂春秋墓發掘報告》，《東南文化》1988 年第 3～4 期合刊。

〔註17〕商志醰、唐鈺明：《江蘇丹徒北山頂鐘鼎銘文釋證》，《文物》1989 年第 4 期。

金文裏，均找不到舒人稱王的證據。故《邊邡鎛》應爲徐器。

再者，無論在文獻中，還是在金文裏，均找不到舒人稱王的證據。

14、甚六之妻鼎

時代：春秋晚期

出土：江蘇丹徒北山頂

現藏：南京博物院

圖像：《東南文化》1988 年第 3～4 合刊，頁 22

拓片：《東南文化》1988 年第 3～4 合刊，頁 23

銘文：

唯正月初吉丁亥，甫遞者甚六之妻夫坎申，擇其吉金，作鑄飤鼎，余以煮以鬻，以伐四方，以從攻虜王，枼萬子孫，羕保用鬻。

從「以從攻虜王」這句話就可判斷出該器不可能是吳器，如果是本國貴族所鑄之器，器主是用不著這樣直白地表達自己的忠心和順從的。這類卑微言辭，只能是被別國控制了命運的小國之君或貴族在特定場合下的口吻。器主夫坎申是徐國貴族甚六（即邊邡鎛中的舍王之孫邊邡）之妻，由於徐與吳曾聯姻，故夫坎申極有可能是吳國女子。從銘文「以伐四方」可知夫坎申應是一位能征善戰的女子。

15、次□缶蓋

時代：春秋晚期

出土：江蘇丹徒北山頂

現藏：南京博物院

圖像：《東南文化》1988 年第 3～4 合刊，頁 23

拓片：《東南文化》1988 年第 3～4 合刊，頁 24

銘文：

徐頔君之孫，利之元子次□擇其吉金，自作卵缶，眉壽無期，子子孫孫，羕保用之。

周曉陸、張敏先生在《北山四器銘考》[註18] 中認爲頔君「即吳君去齊」，

〔註18〕周曉陸、張敏：《北山四器銘考》，《東南文化》1988 年第 3～4 期合刊。

次□則釋爲弟餘祭（即吳王餘祭），我們認爲缺乏字形依據。商志譚先生在《次□缶銘文考釋及相關問題》〔註 19〕中認爲，徐頗君就是《禮記‧檀弓下》中徐國大夫容居所說的「昔我先君駒王西討，濟於河」的那位徐駒王，我們贊同這一觀點。而且我們還認爲邳州九女墩二號墩叡巢鑄銘文中的「攻王」指的也是這位徐駒王。

16、徐䑞尹瑹鼎

時代：春秋晚期

出土：浙江紹興坡塘 306 號墓

現藏：浙江省文物考古所

圖像：《中國青銅器全集》第 11 卷，143

拓片：《殷周金文集成》2766

銘文：

唯正月吉日初庚，徐䑞尹瑹自作湯鼎，皿良聖敏，余敢敬明祀，丩津塗俗，以知恤誨，壽躬穀子，眉壽無期，永保用之。

該器形制爲直口、圓肩、球腹、平底。鼎足爲象首形。鼎蓋作覆盤形，蓋頂中心有雙頭蟠螭形小紐。從銘文可知，該器應爲徐人勢力入越之後，由徐國後裔在越地所鑄，銘文內容主要是子孫向祖先神靈禮敬宣誓，整肅徐人舊俗，以知恩辱，以圖東山再起。

17、徐王元子爐

時代：春秋晚期

出土：浙江紹興坡塘 306 號墓

現藏：浙江省文物考古所

圖像：《文物》1984 年第 1 期，頁 22

拓片：《殷周金文集成》10390

銘文：

徐王之元子𨙻之少鬳。

〔註 19〕商志譚：《次□缶銘文考釋及相關問題》，《文物》1989 年第 12 期。

鬮即爐，人郛在《殷周金文集成》釋文中被隸定爲「福」。此人於文獻中無徵。

18、徐令尹者旨**劙**爐盤

時代：春秋中期

出土：江西靖安，與徐王義楚盥盤同出

現藏：江西省博物館

圖像：《中國青銅器全集》第 11 卷，頁 149

拓片：《殷周金文集成》10391

銘文：

癰君之孫，徐令尹者旨劙擇其吉金，自作盧盤。

癰字爲裘錫圭先生最先隸定，可釋爲雁，與偃音同，癰君很可能是一代徐王或徐國公子。《殷周金文集成》將該字釋爲應字，不確。董楚平先生在《吳越徐舒金文集釋》〔註20〕中對「應」與「癰」的區別專門進行了詳細的考證，認爲癰通雁，而與應有本質的區別，可從。

19、王子嬰次爐

時代：春秋晚期

出土：河南新鄭

現藏：中國歷史博物館

圖像：《中國青銅器全集》第 7 卷，頁 34

拓片：《殷周金文集成》10386

銘文：

王子嬰次之炙**爐。**

關於該器的形制、用途及國別，學術界的意見一直很不統一。今據江蘇邳州九女墩三號墩出土的一件與該器形制相似的爐盤，並結合其它相關因素，我們將其定爲徐器，具體考證見拙作《王子嬰次爐的復原及其國別問題》〔註21〕。

〔註20〕參見董楚平：《吳越徐舒金文集釋》，浙江古籍出版社，1992 年。

〔註21〕孔令遠：《王子嬰次爐的復原及其國別問題》，《考古與文物》2002 年第 4 期。

字《殷周金文集成釋文》釋爲「炒」，郭沫若先生在《兩周金文辭大系圖錄考釋》〔註22〕中釋爲「燎」字，從器物的形制和用途上來判斷，我們認爲釋爲「燎」要更貼切些。

20、徐王疕又觶

時代：春秋晚期

出土：江西高安，同出有鐸九、觶三

現藏：臺灣省中央博物院

圖像：《商周金文集成》7376

拓片：《殷周金文集成》6506

銘文：

徐王疕又之祭觶，觶溉之 。

《殷周金文集成釋文》〔註23〕將 釋爲鑄，張亞初先生在《殷周金文集成引得》〔註24〕中釋爲烑，董楚平在《吳越徐舒金文集釋》〔註25〕中釋爲盤，字形、文意均不甚符。徐王疕又在文獻中沒有記載，商志譚先生在《次□缶銘文考釋及相關問題》〔註26〕中，結合對《次□缶蓋》銘文的分析認爲，徐王疕又在位之年約當魯襄公、昭公之際，可從。這樣徐王疕又所處的年代要略早於徐王義楚。

21、徐王義楚盥盤

時代：春秋晚期

出土：江西靖安，與徐令尹者旨型爐盤同出

現藏：江西省博物館

圖像：《中國青銅器全集》第11卷，頁158

拓片：《殷周金文集成》10099

〔註22〕郭沫若：《兩周金文辭大系圖錄考釋》，上海古籍出版社，1999年。

〔註23〕中國科學院考古研究所編：《殷周金文集成釋文》，香港中文大學中國文化研究所，2001年。

〔註24〕張亞初編著《殷周金文集成引得》，中華書局，2001年。

〔註25〕董楚平：《吳越徐舒金文集釋》，浙江古籍出版社，1992年。

〔註26〕商志譚先生在《次□缶銘文考釋及相關問題》，《文物》1989年第12期。

銘文：

徐王義楚擇其吉金，自作盥盤。

22、徐王義楚觶

時代：春秋晚期

出土：江西高安，同出有鐸九、觶三

現藏：臺灣省中央博物院

圖像：《商周金文集成》7382

拓片：《殷周金文集成》6513

銘文：

唯正月吉日丁酉，徐王義楚擇余吉金，自作祭觶，用享於皇天及我文考，永保台身，子孫寶。

23、義楚觶

時代：春秋晚期

出土：江西高安，同出有鐸九、觶三

現藏：臺灣省中央博物院

圖像：《兩周金文辭大系圖錄考釋》圖 207

拓片：《殷周金文集成》6462

銘文：

義楚之祭觶。

24、徐王義楚劍

時代：春秋晚期

出土：不詳

現藏：日本東京出光美術館

圖像：《東周鳥篆文字編》頁 344

拓片：《故宮學術季刊》第 12 卷第 1 期，頁 70。鳥蟲書。

銘文：

徐王義楚之用。

這是迄今為止發現最早的帶有鳥蟲書銘文的徐國銅器，它可以說明最遲在

義楚爲王時，徐國已開始使用鳥蟲書了。

25、徐王義楚之元子劍

時代：春秋晚期

出土：湖北襄陽蔡坡四號墓（M4：25）

現藏：襄樊市博物館

圖像：《江漢考古》1985 年第 1 期

拓片：《殷周金文集成》11668

銘文：

徐王義楚之元子，擇其吉金，自作用劍。

《左傳・昭公六年》有「徐儀楚聘於楚，楚子執之，逃歸」的記載，杜預注「儀楚，徐大夫」，應是出於推測，從以上金文材料可知，義楚後成爲徐王，其聘於楚時應爲世子身份。

26、徐王矛

時代：春秋晚期

出土：江蘇丹徒北山頂

現藏：南京博物院

圖像：《東南文化》1988 年第 3～4 合刊，圖版二

拓片：《東南文化》1988 年第 3～4 合刊，頁 37

銘文：

龡自作𠙹，工其元用。

在《江蘇丹徒北山頂春秋墓發掘報告》[註27] 中，發掘者認爲「龡」爲「餘昧」的合文，該矛爲吳王餘昧矛。商志譚、唐鈺明先生在《江蘇丹徒北山頂鐘鼎銘文釋證》[註28] 中認爲，「龡」乃合文，其上半部作舍，同舍，即徐，下半部似作𠂤字，此當爲徐王自作之矛。我們認爲後者的觀點是正確的，因從北山頂墓的文化屬性及該矛銘文本身來看，這件矛應爲徐器。

〔註27〕江蘇省丹徒考古隊：《江蘇丹徒北山頂春秋墓發掘報告》，《東南文化》1988 年第 3～4 期合刊。

〔註28〕商志譚、唐鈺明：《江蘇丹徒北山頂鐘鼎銘文釋證》，《文物》1989 年第 4 期。

27、徐王之子羽戈

時代：春秋晚期

出土：不詳

現藏：故宮博物院（一說藏中國歷史博物館）

圖像：《殷周金文集成》11282

拓片：《殷周金文集成》11282

銘文：

　　徐王之子羽之元用戈。

據《春秋·昭公三十一年》所載，「冬十有二月，吳滅徐，徐子章羽奔楚」（《左傳》寫作「章禹」）。由此可知，徐國最後一代王是章羽，徐王之子羽戈應是章羽即位之前所鑄。邳州九女墩徐國王族墓群大多位於禹王山下，禹王山名稱的由來很可能與徐王章禹有關。

28、余王利攼劍

時代：春秋晚期

出土：不詳。

現藏：中國歷史博物館

圖像：不詳，劍身全失，僅存格部。

拓片：《殷周金文集成》11579，鳥蟲書

銘文：

　　余王利攼，戊州句。

29、余王利邗劍

時代：春秋晚期

出土：不詳。

現藏：臺灣古越閣

圖像：《古越閣藏銅兵萃珍·銅劍篇》

拓片：《歷史文物》第九十期，2001年1月，臺灣。鳥蟲書。

銘文：

　　余王利邗，之唯用劍。戊王州句，州句。

30、徐王戈

時代：春秋晚期

出土：安徽淮南市蔡家崗趙家孤堆（M2：19.4）

現藏：安徽省博物館

圖像：《吳越地區青銅器研究論文集》頁 266

拓片：《吳越地區青銅器研究論文集》頁 266。鳥蟲書。

銘文：

〔癸〕〔亥〕徐□□王，〔戈〕王者〔旨〕於賜。

以上三器銘文均反映出徐、越王室間有著不同尋常的親密關係，有著補史、證史的作用。這三件兵器與徐、越兩國王族都有關係。

31、徐䤉尹征城

時代：春秋晚期

出土：江西高安

現藏：上海博物館

圖像：《中國音樂文物大系上海卷、江蘇卷》，頁 101

拓片：《殷周金文集成》425

銘文：

正月初吉，日在庚，徐䤉尹者故 🐾 自作征城，次者升祝，儆至劍兵，葉萬子孫，眉壽無疆。

楊樹達先生在《積微居金文說・徐䤉尹征跋》〔註29〕中認為「儆至劍兵，語殊難解。《荀子・賦篇》云：『無私罪人，憼革戒兵』……楊注云：『憼與儆同，備也』。儆至劍兵與《荀子》憼革戒兵語意相類也。」王先謙在《荀子集解》中亦解釋「憼革戒兵」為「儆備增益兵革之道，言強盛也。」如此，「儆至劍兵」應為加強武備之意，這與征城乃軍中樂器正相符合。《商周青銅器銘文選》解釋為「慎用劍兵」，不如解釋為加強武備更貼切些。

32、余冉鉦鋮

時代：春秋晚期

〔註29〕楊樹達：《積微居金文說》，科學出版社，1959 年。

出土：不詳

現藏：旅順博物館

圖像：《殷周青銅器通論》圖版壹五零

拓片：《殷周金文集成》428

銘文：

唯正月初吉丁亥，□□□之子□□□吉金，自作鉦鋮，以□□其□□□□大□□□□□，其陰其陽，□□盂，余以行台師，余以政台徒，余以□台□，余以伐。徐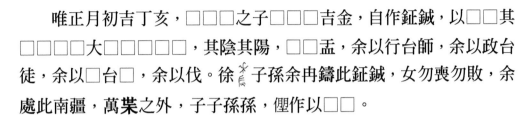子孫余冉鑄此鉦鋮，女勿喪勿敗，余處此南疆，萬枼之外，子子孫孫，僄作以□□。

該器自名鉦鋮，與徐鐥尹征城音同，只是形旁不同，目前發現的這類器中，自名鉦鋮（或征城）的就這兩件。該器銘文字體風格亦與徐鐥尹征城頗類，加上器主自稱徐𦏰子孫，故該器應為徐器。由於多數學者將該銘文讀作「余以伐徐𦏰子孫，余冉鑄此鉦鋮」，這樣就人為地排除了該器為徐器的可能性，有的認為該器為楚器（如陳夢家《海外中國銅器圖錄》），有的認為該器為吳器（如董楚平《吳越徐舒金文集釋》）〔註30〕。我們認為從文意上看，該銘文所用的句子有一定的格式，如「余以×台×，以×台×」，如果我們斷成「余以伐」，則基本符合這一格式，如若斷成「余以伐徐𦏰子孫」則文氣上顯得很不連貫。而且「伐某某子孫」，這樣的用語也不合金文慣例，而「某某子孫某某」，則與「某某之子」、「某某之孫」意義相通，合乎金文慣例。「徐𦏰子孫」意為「徐𦏰之子孫」。故這句話應當這樣斷句，「……余以行台師，余以政台徒，余以□臺□，余以伐。徐𦏰子孫余冉鑄此鉦鋮，女勿喪勿敗……」《殷周金文集成》將該器定名為《冉鉦鋮》，是由於將「余」和「冉」視作同位語，即將「余」看作第一人稱代詞，「冉」視作人名。可是兩周金文中尚未出現有「余」後緊接器主名字的例子，因此將「余」和「冉」視作同位語不妥，器主名應為余冉，故該器應定名為《余冉鉦鋮》，徐國貴族以「余」為姓氏，雖然在徐國銅器銘文中僅此一例，卻也合乎情理。而且在金文中，大多數情況下，男性貴族的姓氏都被省略了。從「余處此南疆」一句可知器主是已遷至南方的徐國貴族。該器銘文可與上面的《徐鐥尹瘄鼎》銘文相互對照，《徐鐥尹瘄鼎》是

〔註30〕參見董楚平：《吳越徐舒金文集釋》，浙江古籍出版社，1992年。

遷至紹興的徐國貴族所鑄。

33、配兒鉤鑃

時代：春秋晚期

出土：浙江紹興狗頭山，共二枚，皆有銘

現藏：浙江省博物館

圖像：《中國青銅器全集》第 11 卷，頁 72

拓片：《殷周金文集成》426、427

銘文：

　　□□□〔初〕吉庚午，吳□□□□□□子配兒曰：「余孰臧於戎功□武，余□□嬰不敢諩，舍擇其吉金鉉鏐鐈鋁，自作鉤鑃，以宴賓客，以樂我諸父子□用之，先人是諝。

該器因有一「吳」字，被大多數學者定為吳器，我們認為「吳」之後缺失六個字，不能據此定為吳器。從人名後所帶的後綴「兒」來看，以徐器銘文中最為常見，如《庚兒鼎》、《儔兒鐘》、《沇兒鎛》等。再從銘文字體風格上看，亦與徐國銅器銘文字體相似。而且該器舍字的寫法與徐器《䢅邔鎛》的相同。同時這類鉤鑃、征城之類器物，記有明確國別的只有《徐𧵩尹征城》，故我們認為《配兒鉤鑃》及下面的姑馮昏同之子句鑃和其次句鑃可能均為徐器，為徐國貴族南遷後所鑄。

34、姑馮昏同之子句鑃

時代：春秋晚期

出土：江蘇常熟翼京門外

現藏：不詳

圖像：不詳

拓片：《殷周金文集成》424

銘文：

　　唯王正月初吉丁亥，姑馮昏同之子擇厥吉金，作商句鑃，以樂賓客及我父兄，子子孫孫，永保用之。

該器銘文揭示出句鑃、征城這類樂器源自於商，這與徐國銅器中保留較多

商文化因素正相符合。如徐器中的尊、觶等器物均源自於商，春秋時這類器物在中原早已銷聲匿跡，而在徐人中間卻仍繼續流行。

35、其次句鑃

時代：春秋晚期

出土：浙江武康山，共七枚，惟二器有銘

現藏：故宮博物院

圖像：《兩周金文辭大系圖錄考釋》圖 158

拓片：《殷周金文集成》421、422

銘文：

> 唯正初吉丁亥，其次擇其吉金，鑄句鑃，以享以孝，用蘄萬壽，子子孫孫，永保用之。

該器出於浙江武康縣山中，同出之器十餘，有銘者二，銘同，全爲反書。郭沫若先生在《兩周金文辭大系圖錄考釋》中寫道，「以地望推之，當是越器」。我們認爲，浙江曾出土過徐國青銅器，該器風格與徐醓尹征城相近，應爲徐器。

第二節　文獻和金文中反映出的徐國王族世系

一、文獻中反映出的徐國的王族世系

瞭解徐國的王族世系，對於徐國銅器和金文進行科學的分期斷代研究無疑是至關重要的。但由於徐國史料的極端匱乏，從文獻中能夠獲得徐國王族世系的材料非常有限，僅有以下幾條：

徐偃王，見《史記・秦本紀》、《史記・趙世家》、《後漢書・東夷列傳》等（今本《竹書紀年》作「徐子誕」）。

《史記・秦本紀》：

> 徐偃王作亂，造父爲繆王御，長驅歸周，一日千里以救亂。

《史記・趙世家》：

> 繆王使造父御，西巡狩，見西王母，樂之忘歸。而徐偃王反，

繆王日馳千里馬，攻徐偃王，大破之。

《後漢書・東夷列傳》：

> 後徐夷僭號，乃率九夷以伐宗周，西至河上。穆王畏其方熾，乃分東方諸侯，命徐偃王主之。偃王處潢池東，行仁義，陸地而朝者三十有六國……偃王仁而無權，不忍鬥其人，故致於敗。

今本《竹書紀年》：

> （穆王）六年春，徐子誕來朝，錫命爲伯。

徐駒王，見《禮記・檀弓下》：

> 邾婁考公之喪，徐君使容居來弔含，曰：「寡君使容居坐含，進侯玉，其使容居以含」。有司曰：「諸侯之來辱敝邑者，易則易，於則於，易於雜者，未之有也」。容居對曰：「容居聞之，事君不敢忘其君，亦不敢遺其祖，昔我先君駒王西討，濟於河，無所不用斯言也。容居魯人也，不敢忘其祖」。

容居，見《禮記・檀弓下》。同上。

徐君，見《史記・吳世家》：

> 季札之初使，北過徐君。徐君好季札劍，口弗敢言。季札心知之，爲使上國，未獻。還至徐，徐君已死，於是乃解其寶劍，繫之徐君冢樹而去。

徐子，見《春秋・昭公四年》、《左傳・昭公四年》。

《春秋・昭公四年》：

> 夏，楚子、蔡侯、陳侯、鄭伯、許男、徐子、滕子、頓子、胡子、沈子、小邾子、宋世子佐、淮夷會於申。楚人執徐子。

《左傳・昭公四年》：

> 徐子，吳出也，以爲貳焉，故執諸申。

儀楚，見《左傳・昭公六年》：

> 徐儀楚聘於楚。楚子執之，逃歸。懼其叛也，使薳洩伐徐。吳人救之。

章羽，見《春秋・昭公三十年》、《左傳・昭公三十年》，（《左傳・昭公三

十年》中寫作章禹）。

《春秋・昭公三十年》：

冬十有二月，吳滅徐，徐子章羽奔楚。

《左傳・昭公三十年》：

吳子怒，冬十一月，吳子執鐘吾子，遂伐徐，防山以水之。己卯，滅徐。徐子章禹斷其髮，攜其夫人，以逆吳子。吳子唁而送之，使其邇臣從之，遂奔楚。楚沈尹戌帥師救徐，弗及，遂城夷，使徐子處之。

史籍中就這樣幾條零散的材料，相比之下，金文中的材料要豐富得多、系統得多，要想復原徐國的王族世系，不依靠金文材料是無法完成的。

二、銅器銘文中反映出的徐王世系

金文中共出現十多位徐王，按時代先後順序排列如下：

西周時期：

1、周穆王時期

癄君，見《徐令尹者旨𧊒爐盤》。癄與雁通，癄君可能是一代徐王。

徐[illegible]，見《余冉鉦鋮》。[illegible]字郭沫若先生隸定為[illegible]，並認為「『徐[illegible]』殆徐方遠祖，『余冉』乃徐方之後王」〔註31〕，故徐[illegible]可能是一代徐王。

痏，見《班簋》。唐蘭先生在《兩周青銅器銘文分代史徵》中將痏隸定為痏，並認為，「痏字疑與偃通，偃戎即徐戎」〔註32〕。我們認為這一推斷是正確的，班簋為穆王時器，穆王時東國作亂者，以徐為著，故「東國痏戎」，或指徐國。痏可能指的是一代徐王。

2、周厲王時期

徐頓君，見《次□缶蓋》。

攻王，見《叡巢鐘》。

徐頓君與攻王指的或為一人，可能是《禮記・檀弓下》中徐國大夫容居所

〔註31〕郭沫若：《殷周青銅器銘文研究》，人民出版社，1954年。

〔註32〕唐蘭：《西周青銅器銘文分代史徵》，中華書局，1986年。

說的徐國先君駒王，他曾率軍「西伐，濟於河」。厲王時期銅器《敔簋》記有南淮夷內伐至於伊、洛的記載，也可能與徐駒王有關。

春秋時期：

1、春秋早期（相當魯隱公、桓公時期）

余子朞，見《余子朞鼎》。

余王夋叔，見《曩甫人匜》，「曩甫人余余王□叔孫茲乍寶匜，子子孫孫永寶用」。《殷周金文集成》將曩甫人匜的時代定為春秋早期，「甫人」即「夫人」由該器銘文可知，春秋早期徐國曾與曩國聯姻。

2、春秋中期前段（相當魯僖公、文公時期）

徐王糧，見《徐王糧鼎》，另見《宜桐盂》寫作「郐王季糧」。

3、春秋中期後段（相當魯宣公、成公時期）

郐王庚，見《沇兒鎛》，另見《庚兒鼎》寫作「郐王之子庚兒」。

4、春秋晚期（相當魯襄公、昭公時期）

徐王子旃，見《徐王子旃鐘》。

王孫誥，見《王孫誥鐘》。

徐王㘱又，見《徐王㘱又觶》。

徐王義楚，見《徐王義楚盥盤》、《沇兒鎛》、《徐王義楚觶》、《義楚之祭觶》、《徐王義楚劍》、《徐王義楚之元子劍》。《左傳・昭公六年》有「徐儀楚聘於楚，楚子執之，逃歸」的記載，杜預注「儀楚，徐大夫」，乃出於推測，從以上金文材料可知，義楚曾為徐王，則其聘於楚時應為世子身份。

徐王之子羽，見《徐王之子羽戈》。從《春秋》經、傳中知章禹（羽）為最後一代徐王。徐王之子羽戈為春秋晚期之器，徐王之子羽應為章禹（羽），該戈為其做王之前所鑄，故將其歸入徐王之列。

余王利邗（攼），見《余王利攼劍》和《余王利邗劍》，按《春秋》經、傳記載，章禹（羽）為最後一代徐王，《余王利攼劍》銘文表明吳滅徐之後，徐人可能在一定時間、一定範圍內又再度稱王，而且徐、越王室之間有著異乎尋常的親密關係。

三、銅器銘文中反映出的徐國貴族世系

金文中有許多只稱徐王之子、徐王之孫，在文獻及其它金文材料中又找不到其稱王證據的，爲穩妥起見，我們均暫將其視爲徐國貴族。金文中反映出的徐國貴族主要有：

1、春秋早期（相當魯隱公、桓公時期）

白辰，身份是余太子，見《余太子白辰鼎》。

2、春秋中期前段（相當魯僖公、文公時期）

者旨型，身份是應君之孫，徐令尹，見《徐令尹者旨型爐盤》。

宜桐，身份是絕王季糧之孫，見《宜桐盂》。

3、春秋中期後段（相當魯宣公、成公時期）

沇兒，身份是絕王庚之淑子，見《沇兒鎛》。

4、春秋晚期（相當魯襄公、昭公時期）

王子嬰次，見《王子嬰次之𤓰爐》。

次□，身份是徐頜君之孫，利之元子，見《次□缶蓋》。

其次，見《其次句鑃》。

姑馮昏同之子，見《姑馮昏同之子句鑃》。

余冉，身份是徐𧌒子孫，見《余冉征城》。

者故𡆥，身份是徐䣄尹，見《徐䣄尹征城》。

王孫遺者，見《王孫遺者鐘》。

叡巢，身份是攻王之玄孫，訣之子，見《叡巢鐘》。

𠂤乍，身份是徐王之孫，見《𠂤乍鐘》。

儔兒，身份是达斯於之孫，茲貉之元子，義楚之良臣，而逆之字（慈）父，見《儔兒鐘》。

徐王義楚之元子，見《徐王義楚之元子劍》。

𥃩，身份是徐王之元子，𥃩在《殷周金文集成》釋文中被隸定爲「福」。見《徐王之元子爐》。

遰邡（甚六），身份是舍王之孫，𫝀楚鼓之子，見《遰邡鐘》、《遰邡鎛》。

夫坎申，身份是甫遽者甚六之妻，見《甚六之妻鼎》。

配兒，見《配兒鉤鑼》。

𦥑，身份是徐鼱尹，見《徐鼱尹𦥑鼎》。

第三節　徐國銅器銘文的特點

一、徐國銅器銘文在稱謂上的特點

李學勤先生《春秋南方青銅器銘文的一個特點》〔註33〕一文中指出，「地理位置偏南的列國，銘文顯然與中原及北方的有很大差異。……器主常在自己的名字前冠以先世的名號，最多見的是某人之孫、某人之子，少數還記有其它血緣關係，以至君臣關係的。」春秋時期南方青銅器銘文這一個特點，在徐國銅器銘文中表現得尤爲明顯。如：

余太子白辰

絽王季糧之孫宜桐

絽王庚之淑子沈兒

曾孫儔兒，余迭斯於之孫，余茲豁之元子，曰，「烏虖，敬哉，余義楚之良臣，而逜之字父，余購逜兒……」

叙巢曰：「余攻王之玄孫，余敆子……」

徐王之孫 𠂤⺆⺁ 乍

舍王之孫，𢦏楚敔之子遷邡

徐頜君之孫，利之元子次□

徐𦮼子孫余冉

姑馮昏同之子

吳□□□□□子配兒

徐王之元子㣇卲

瘫君之孫，徐令尹者旨䚄

徐王義楚之元子

徐王之子羽

〔註33〕李學勤：《春秋南方青銅器銘文的一個特點》，見馬承源主編《吳越地區青銅器研究論文集》，香港兩木出版社，1998 年。

　　由上可看到，徐人名前以徐王某某之孫、徐王某某之子爲修飾語最爲常見，也有一些甚至上溯到遠祖，如：應君之孫，徐令尹者旨𧓟；徐🔲子孫余冉；𧊒巢曰：「余攻王之玄孫，余狡子……」；徐頜君之孫，利之元子次🔲；曾孫儔兒，余达斯於之孫，余茲𥙿之元子。這些春秋晚期時的徐國貴族，爲了顯耀其出身之高貴，將西周時期赫赫有名的徐偃王和徐駒王等徐人的老祖宗都抬了出來。與此形成鮮明對照的是，吳、越、楚國之器，一般都直書器主本名，最多稱某某之子，稱某某之孫的已較爲少見，至於自稱某某之玄孫、某某之曾孫的則迄今未見了。所以憑著這一特點，根據《𧊒巢鐘》上的「𧊒巢曰：『余攻王之玄孫，余狡子』。」及《臧孫鐘》上的「攻敔中終牥之外孫，坪之子臧孫」，我們即可判定此二器絕非吳器。

　　春秋時期，徐國銅器銘文除了稱謂上喜歡在器主名前冠以先世的名號、頭銜外，在人名之後還常加上「兒」作爲後綴，如：

　　　　𨱗王之子庚兒

　　　　𨱗王庚之淑子沇兒

　　　　曾孫儔兒……余購逐兒

　　　　吳🔲🔲🔲🔲🔲子配兒

　　根據這一特點，李學勤先生指出《寬兒鼎》「絕非北方的蘇器」〔註34〕，這個觀點無疑是正確的，我們認爲從字體上看該器銘文與同期徐器銘文十分相像，《寬兒鼎》或與徐有一定的聯繫。

　　徐國銅器銘文在稱謂上喜歡在器主名前冠以先世的名號、頭銜，以及喜歡在人名之後還常加上「兒」作爲後綴，這與史料中關於「夷性仁」和徐偃王行仁政等記載似有一定的聯繫。《禮記・檀弓下》中有段文字也能說明徐人頗爲尊崇其先君先祖：

　　　　　邾婁考公之喪，徐君使容居來弔含……容居對曰：『容居聞之，
　　事君不敢忘其君，亦不敢遺其祖……容居魯人也，不敢忘其祖。

　　在銅器銘文中不厭其煩地追述先君先祖，這正是徐人「不敢忘其君，亦不敢遺其祖」的具體表現，在人名之後加上「兒」作爲後綴也是爲了向先君、先

〔註34〕李學勤：《春秋南方青銅器銘文的一個特點》，見馬承源主編《吳越地區青銅器研究論文集》，香港兩木出版社，1998年。

祖及長輩表示恭敬和順從。這樣做正如《禮記·冠義》中所講的那樣：

> 所以自卑而尊先祖也。

還有一點值得一提的是，徐國設有令尹、鄬尹和䚢尹之職，楚國也有令尹之職，這反映出徐、楚之間在官制上可能有先後承襲的關係。

二、徐國銅器銘文的字體風格

在徐國文化諸因素中，最具地方特色，最能反映徐文化的發達程度的應該是徐器銘文了。可以說，人們是因銘文認識了徐器，也因銘文才認識了徐器的歷史、藝術價值。

春秋時期，銅器銘文的書史性質逐漸轉變爲裝飾作用了，這在南方諸國中表現得尤爲突出。李白鳳在《東夷雜考》〔註35〕指出，「春秋之世，文字丕變，徐淮初肇其端，田齊復承其勢，結穴吳越，蕩佚荊楚，中州英雄萬古氣一變而爲婀娜柔黃，嫵媚多姿」。春秋時期，儘管在不同的階段，徐器銘文有一些細微的差別，但其總體的風格卻是一致的，即頎長秀麗，纖細規整，剛勁有力，流暢奔放。根據這個特點，人們很容易將混在一大堆中原器物中的有銘徐器一眼就辨認出來。

徐國銅器銘文在春秋時期諸國銘文中有著獨特的風格，尤其是春秋晚期的徐國銅器銘文，字體秀頎飄逸，端莊而不刻板，靈活而不妖冶，富於變化而不蕪雜，於纖細中透出遒勁，於變化中顯出規整，排列錯落有致，極富裝飾效果。

春秋早期的徐國銅器銘文以《余子汆鼎》和《余太子白辰鼎》爲代表，此二鼎銘文筆勢略帶滯拙，用筆稍嫌拘謹，但相比較同時期中原諸國銘文，此二鼎銘文已顯得較爲修長、靈活，已初現春秋中、晚期徐國銅器銘文字體秀頎飄逸的特質。

春秋中期的徐國銅器銘文可以《徐王糧鼎》和《庚兒鼎》爲代表，這時期徐國銅器銘文仍顯得較爲樸拙和拘謹，筆劃亦較粗壯有力，有波磔，其運筆多少還保留一些圓轉的風味。但字體均較修長規整，排列亦較錯落有致，正向春秋晚期徐國銅器銘文字體秀頎遒勁的風格過渡，到《沇兒鎛》時已基本完成這

〔註35〕李白鳳：《東夷雜考》，齊魯書社，1981年。

一過渡。

　　春秋晚期的徐國銅器銘文可以《儔兒鐘》、《叡巢鐘》、《徐王義楚盥盤》為代表，這時期徐國銅器銘文字體風格趨於成熟，總的風格是纖細修長、流暢飄逸，於纖細中透出遒勁，於變化中顯出規整，於奔放中又見幾分持重，通過錯落有致的排列佈局，整篇銘文極富動態感，與器物紋飾交相呼應，具有一種和諧的美。在義楚為王時期，徐國就已出現了鳥蟲書如《徐王義楚劍》。當然春秋晚期的徐國銅器銘文也有少數製作較為粗糙、草率的，如《徐王義楚之元子劍》、《徐王元子爐》，不過這已是徐國銅器銘文的尾聲了。

三、徐國銅器銘文的用韻

　　徐器金文不但在字體上有所創新，還在遣詞達意上還注意到韻律的運用，令人讀之，朗朗上口。郭沫若先生在《兩周金文辭大系圖錄考釋》〔註36〕中收錄的七件徐器，每器銘文都有韻。楊樹達先生在《積微居金文說》〔註37〕中指出，「余前跋《王孫遺者鐘》，謂徐器用韻特精，證知徐文化之卓犖，今於此器（指徐王糧鼎。筆者注）復添一佳證也」。因為此鼎之「銘文亦如《詩經》中若干篇，於句末韻之外，兼有句中韻也。」1961 年山西侯馬出土的《庚兒鼎》銘文也有韻，「佳正月初吉丁亥，郘王之子庚兒自作飤繁，用徵用行，用龢用鬻，眉壽無疆」。徐器之有銘者，雖多為春秋戰國時器，但文化之發展，非一蹴而就，需要長時期的積累。因此我們認為，徐在殷周之際應已具備相當發達的文化了。楊樹達先生上文中對徐器銘文的遣詞用韻還作過這樣的評價，「文辭至簡，用韻至精，可知徐之文治殆欲跨越中原諸國之上，宜強鄰之楚忌而必滅之為快也」。

　　《沇兒鎛》、《儔兒鐘》、丹徒北山頂吳王餘眛墓所出的《達邡鐘》，《甚六之妻鼎》、紹興 306 墓出土的《徐𦈻尹𧁳湯鼎》、及邳州九女墩二號墩出土的《𠭯乍編鈕鐘》、三號墩出土的《叡巢鎛》，其銘文佈局規整，用韻謹嚴，從一個側面反映出徐文化底蘊之深厚。

〔註36〕郭沫若：《兩周金文辭大系圖錄考釋》，上海古籍出版社，1999 年。
〔註37〕楊樹達：《積微居金文說》，科學出版社，1959 年。

第四節　從金文材料看春秋時期徐國的興衰

徐國銅器銘文記事者甚少，內容多爲宴饗、祭祀之事，且多用當時所流行的套語，故徐國銅器銘文中所反映出的史實，殊爲有限，但結合其它相關文獻和金文材料，我們仍可從徐國銅器銘文中找到一些反映徐國興衰的蛛絲馬蹟。

從春秋早期、中期徐國銅器銘文中，我們幾乎看不到戰爭的影子，看到的多是像《沇兒鎛》中所描述的：

> 「⋯⋯用盤飲酒，龢會百姓，淑於威儀，惠於盟祀，獻以宴以喜，以樂嘉賓及我父兄庶士，皇皇熙熙，眉壽無疆⋯⋯」

以及《王孫遺者鐘》中所說的：

> 「⋯⋯余圅韡龏屖，畏嬰趩趩，肅慇聖武，惠於政德，淑於威儀，誨猷丕飤，闌闌龢鐘，用匽以喜，用樂嘉賓、父兄及我佣友，余恁訏心，延永余德，龢涾民人，余專昀於國，鉳鉳趣趣，萬年無期⋯⋯」

這是一派祥和的景象。這說明在春秋早、中期之時，儘管徐國勢力漸漸衰落，但它仍維持著一個獨立國家的身份和尊嚴。到了春秋晚期的前段，徐國銅器銘文如《儔兒鐘》等仍繼續歌詠太平祥和的景象，但到了春秋晚期的後段，從《王孫誥鐘》銘文中，我們可以體察到徐人已面臨尷尬的境地。既要敬事楚王，又想在國內及與諸侯的交往中保持一國之君的體面和尊嚴。

> 「隹正月初吉丁亥，王孫誥擇其吉金，自作龢鐘，中韓叔鍚，元鳴孔皇，有嚴穆穆，敬事楚王。余不畏不差，惠於政德，淑於威儀，圅韡鉳遟，畏嬰趩趩，肅哲臧武，聞於四國，恭厥盟祀，永受其福，武於戎攻，誨猷丕飤，闌闌龢鐘，用匽以喜，以樂楚王、者（諸）侯、嘉賓及我父兄、者（諸）士，趨趨趣趣，萬年無期，永保鼓之」。

春秋晚期徐國銅器銘文中有關戰事的內容開始增多。如《余冉鉦鋮》：

> ⋯⋯余以行臺師，余以政台徒，余以□台□，余以伐。徐𤔲子孫余冉鑄此鉦鋮，女勿喪勿敗⋯⋯

《徐𧻚尹征城》：

> ⋯⋯徐𧻚尹者故🔆自作征城，次者升祝，徽至劍兵⋯⋯

由這些銘文可看出春秋晚期的徐國已進入了多事之秋，必須加強武備，以隨時抵禦外來入侵。當時徐國在齊、楚、吳的輪番打擊之下，國勢已明顯衰落，但只要條件許可，它仍時時想維持昔日威霸諸侯時的體面和排場。在這種意識的支配下，徐人作了一些自認爲合乎禮制，然而卻遭到別國人非議的行爲。《禮記・檀弓下》有段文字就反映了這個問題：

> 邾婁考公之喪，徐君使容居來弔含，曰：「寡君使容居坐含，進侯玉，其使容居以含」。有司曰：「諸侯之來辱敝邑者，易則易，於則於，易於雜者，未之有也」。容居對曰：「容居聞之，事君不敢忘其君，亦不敢遺其祖，昔我先君駒王西討，濟於河，無所不用斯言也。容居魯人也，不敢忘其祖」。

容居以人臣之位而欲行人君之禮，無疑是把邾國看作徐的屬國，因徐人曾稱王，故徐王派出的使者，地位同於諸侯，這要是在徐國興盛時期，應是天經地義的事。然而，當國運衰敗之後，再以王者自居，就要遭到別人的異議了。

在《甚六之妻鼎》銘文中，徐國已淪爲吳國的附庸：

> ……甫遞者甚六之妻夫坎申，擇其吉金，作鑄飤鼎，余以煮以鬻，以伐四方，以從攻盧王，葉萬子孫，羕保用鬻。

在《徐䚆尹臀湯鼎》中，我們可看到遷到紹興一帶的一支徐人，不忘亡國之恥，決心整肅風俗，以圖東山再起的情景：

> ……徐䚆尹臀自作湯鼎，昷良聖敏，余敢敬明祀，丩津塗俗，以知恤誧，壽躬穀子，眉壽無期，永保用之。

從稱霸諸侯，到流散四方，春秋時期徐人所經歷的榮耀與屈辱，在金文中都有所表現。

第五節　也論叡巢編鎛的國別

《考古》1999 年第 11 期發表了谷建祥、魏宜輝先生的《邳州九女墩所出編鎛銘文考辨》（下面簡稱《考辨》），讀後頗受啓發。該文作者根據這組編鎛的形制、銘文和紋飾等方面特點，判斷叡巢編鎛當屬春秋晚期時器，這無疑是正確的。但是該文作者認爲，「叡巢編鎛銘文中的『攻王』是由『攻吳王』

之脫漏造成的，因此這批銅器也就可以斷定爲吳器」，這個結論則是我們所不敢苟同的。

我們認爲，無論是從銘文的內容上看，還是從叡巢編鎛的形制、紋飾和銘文字體風格上看，或者是從邳州九女墩二號墩所處的地理位置及其所出器物的整體風格上看，叡巢編鎛都應爲徐器，而非吳器。

1、從邏輯上講，漏字之說不能成立。叡巢編鎛共有六枚，形制相仿，大小相次。最大的一枚重 8.6 千克，鉦長 25.8 釐米；最大的一枚重 2.5 千克，鉦長 16.3 釐米。而且《考辨》稱叡巢編鎛銘文「行款有異」。因而，這六枚編鎛並非一範鑄成，由此可知，這六枚叡巢編鎛銘文應是分別鑄或刻成的。既然如此，脫漏之說就很難成立，因爲如果確係脫漏，最多漏刻一件、兩件，總不致於六件全都漏刻。況且由該組編鎛「隧部內側和兩銑角有磋痕」，可知這組編鎛均經過調音師的精心銼磨調試，應爲實用之樂器，而非匆忙作成專作陪葬用的冥器，既爲日常實用之重器，如果銘文眞的漏刻，也一定會被器主及時發現而採取相應的補救措施，絕不會對此視若無睹，聽之任之。再者，編鐘乃國之重器，先公先王的名號頭銜更是神聖無比，祖先名號頭銜出現漏刻的可能性實在是微乎其微，如果眞的出現了無法補救的漏刻現象，器主寧可毀器重鑄，也不會容忍這種大不敬現象的存在。

2、從春秋時期金文體例上看，《叡巢編鎛》銘文在稱謂也不存在所謂漏刻現象。《叡巢編鎛》銘文如下：

> 隹王正月初吉庚午，叡巢曰：「余攻王之玄孫，余餃子，擇其吉金，自作龢鐘，以享以孝，於我皇祖，至於子孫，永寶是舍。」

春秋時期，銅器銘文上器主自稱爲「某某之玄孫」的時候，玄孫前面的定語一般均爲具體某位王的名號（尤其當「某某之玄孫」之後緊接著「某某之子」更是如此），比如：

安徽舒城九里墩出土的青銅器座銘文（《殷周金文集成》429）：

> 隹正月初吉庚午，余舟此於之玄孫……

由此可知，《叡巢編鎛》中的「攻王」應爲具體某位王的名號，那麼，這位「攻王」究竟是誰呢？我們認爲此君很可能是《禮記・檀弓下》中徐國大夫容居所說的徐國先君駒王。《禮記・檀弓下》中的原話如下：

邾婁考公之喪，徐君使容居來弔含，曰：「寡君使容居坐含，進

侯玉，其使容居以含」。有司曰：「諸侯之來辱敝邑者，易則易，於

則於，易於雜者，未之有也」。容居對曰：「容居聞之，事君不敢忘

其君，亦不敢遺其祖，昔我先君駒王西討，濟於河，無所不用斯言

也。容居魯人也，不敢忘其祖」。

金文中「攻」與「句」相通，如《宋公繺簠》（《殷周金文集成》4589）：

有殷天乙唐孫宋公繺，乍其妹句敳夫人季子媵簠。

文獻中「攻」與「句」相通的例子更是屢見不鮮，攻敳常被寫作句吳。而

「駒」與「句」音同或可通假。因而「攻王」很可能指的是「駒王」。

1984 年，江蘇丹徒北山頂春秋大墓出土的《次□缶蓋》上刻有：

徐頔君之孫，利之元子次□擇其吉金，自作卵缶，眉壽無期，子
子孫孫，羕保用之。

《次□缶蓋》的出土首次從古文字學和考古學的角度證實了《禮記·檀弓

下》中關於徐國先君駒王的記載，從《次□缶蓋》和《叔巢編鎛》銘文可以看

出，駒王的確是徐國歷史上聲名顯赫的一代君王，直到春秋晚期徐人仍念念不

忘自己是「徐頔君之孫」、「攻王之玄孫」。這裏的「頔」、「攻」與「駒」可能是

同音通假。

3、從稱謂上看，春秋時期，銅器銘文中器主自稱「某某之玄孫」、「某某

之曾孫」的多見於徐系銅器，如《儔兒鐘》：

隹正九月初吉丁亥，曾孫儔兒，余迭斯於之孫。余茲䣄之元子，
曰，「烏虖，敬哉，余義楚之良臣，而遾之字父，余購遾兒得吉金鎛
鋁以鑄龢鐘，以追孝先祖，樂我父兄，飲飤歌舞，孫孫用之，後民是
語。

而吳國銅器銘文中一般只稱器主本名，或有稱「某某之子」的，稱「某某

之孫」的已較少見，至於器主自稱「某某之玄孫」、「某某之曾孫」的則迄今未

見。

4、從銘文內容和字體風格上看，《叔巢編鎛》與邳州九女墩三號墩所出

《𨸜乍鈕鐘》相近。《𨸜乍鈕鐘》銘文如下：

唯正月初吉丁亥，徐王之孫 [⿰⿱丷丷⿰⿱丷丷] 乍，擇其吉金，鑄其龢鐘，以享以孝，用蘄眉壽，子子孫孫，永保用之。

出土叡巢編鎛的邳州九女墩二號墩出土與 [⿰⿱丷丷⿰⿱丷丷] 乍鈕鐘的邳州九女墩三號墩 [⿰⿱丷丷⿰⿱丷丷] 乍鈕鐘相距僅五、六十米，二者時代相近，風格相似，應同為徐器。

5、從鐘的形制、紋飾上和銘文字體風格看，叡巢編鎛與徐器遱邟鎛十分相似，而與吳器者減鐘迥異其趣。叡巢編鎛與徐器遱邟鎛除在鈕的形制上有所不同外（前者為長方形單鈕，後者為對稱式蟠龍複鈕），二者在鼓部、舞部和篆部的裝飾如出一轍，均飾具有典型徐器裝飾風格的羽翅式獸體捲曲紋。二者在銘文字體風格上也極為接近，正如彭適凡先生所總結的那樣，「纖細中顯得規整，流暢中顯得持重」，為典型的春秋晚期徐器銘文的風格。

最後，從邳州九女墩大墓群的性質來看，我們在第一章中已詳細論證了邳州九女墩大墓群為春秋晚期徐國王族墓地，叡巢編鎛既然出自徐人墓中，且又具有明顯的徐器特徵，自然理應為徐器。

第三章　徐國青銅器群綜合研究

　　徐國青銅器無疑是徐國文化的重要載體，要想對徐國文化和歷史有較深入、客觀的瞭解和認識，就必須對徐國青銅器有一個系統、全面的瞭解和認識。長期以來，由於未能發掘到一座完整的，可以確指爲徐國的墓葬，人們只能對零星地出於窖藏或晉、吳、越等地墓葬中的具銘徐器，以及一些自清代以來的傳世具銘徐器進行研究，因此人們無法瞭解作爲隨葬禮器的徐國青銅器的組合方式、共出遺物，這極大地限制和阻礙了人們對徐國青銅器的文化內涵作進一步深入的探討和研究。邳州九女墩大墓群出土的一批青銅器，是首次在徐國故土上徐人墓葬中出土的成組青銅器。這批青銅器對於認識徐國青銅文化的全貌至關重要。本文將結合邳州九女墩幾座徐國貴族大墓及其它相關墓葬新出土的發掘材料，對徐國青銅器群作一初步的分期、斷代研究工作。

第一節　徐國青銅器的組合方式

　　由於零散的傳世品大都幾經周轉，具體的出土情形如伴出器物等情況多已不詳，故這裏只能主要就出土於墓葬或窖藏的徐國青銅器群的組合方式進行考察。

1、江西高安銅器群（12 件）

清光緒十四年（1888 年），在江西高安縣城西四十五里的山下田中，農民

熊氏掘得青銅器十二件，其中「鐘鎛類」大小九枚（徐醓尹征城爲其中之一）、
觶三件（徐王㝬又觶、徐王義楚觶、義楚觶）〔註1〕。

2、江西靖安銅器群（3件）

1979年4月，江西靖安縣水口公社出土青銅器三件，分別爲徐令尹者旨䣌
爐盤、徐王義楚盥盤、炭鏟。出土於窖藏〔註2〕。

3、山西侯馬上馬村13號墓銅器群（部分為徐器）

1961年，山西侯馬上馬村13號墓共出土銅器一百捌拾餘件，其中有鼎七
件（包括庚兒鼎兩件）、鑑二件、方壺二件、鐳四件（報告中稱簋）、簠兩件、
編鈕鐘九枚及工具、兵器、車馬器若干〔註3〕。同出器物有陶鬲、石編磬、玉
飾、海貝等。陳公柔先生認爲，與庚兒鼎「同出有兩件方壺。方壺及高圈足
均透雕，兩獸狀耳，垂環。壺蓋四角作透雕龍形附獸。壺肩部四角亦有龍形
附獸。身上飾鱗甲紋。壺的腹壁花紋爲凸起的龍紋、鳳紋、蟠蛇紋、蛙紋所
組成。蛙紋四足伸展，身飾鱗甲、有尾。《簡報》又云：『另一銅壺的蓋上透
雕蟠蛇紋，兩蛇之間隔以蛙紋。』蛇蛙紋飾非北方所常見，此壺所飾應是吳
越系統的花紋」〔註4〕。我們認爲該器與1958年邳縣（今邳州市）火石埠劉
林古墓所出兩件銅方壺形制相似，應同爲徐器，另外，侯馬上馬村13號墓所
出的四件鐳亦與劉林古墓出土的兩件西替鐳相仿，兩件簠亦與劉林古墓出土的
兩件西替簠相似，所出之鑑與徐王義楚盥盤有相似之處，編鈕鐘亦與邳州九女
墩二號墩、三號墩所出編鈕鐘相似，所以我們認爲侯馬上馬村13號墓所出銅
器除庚兒鼎外，還有相當一部分如上面所提及的器物，均應爲徐器。

4、紹興306號墓銅器群（17件）

1982年，在紹興坡塘306號墓〔註5〕，共出土銅器十七件，其中有徐朣尹䇾

〔註1〕 參見董楚平：《吳越徐舒金文集釋》，浙江古籍出版社，1992年。

〔註2〕 江西省歷史博物館、靖安縣文化館，《江西靖安出土春秋徐國銅器》，《文物》1980
　　　 年第8期。

〔註3〕 山西省文物管理委員會：《山西侯馬上馬村東周墓葬》，《考古》1963年第5期。

〔註4〕 陳公柔：《徐國青銅器的花紋、形制及其他》，見馬承源主編：《吳越地區青銅器研
　　　 究論文集》，香港兩木出版社，1998年。

〔註5〕 浙江省文管會等：《紹興306號戰國墓發掘簡報》，《文物》1984年第1期。

鼎一件、徐王元子爐一件、圜底鼎二件、獸面鼎、甗、甗盃、鐎盃、罍、鑒、尊、銅質房屋模型、插座、小銅豆、小銅壺、小陽燧、銅洗各一件及刀、削、鑿等文具若干。伴出其它質地的器物有，陶罐、陶豆、玉佩、玉璜及瑪瑙飾、金器等。

5、江蘇丹徒北山頂春秋墓銅器群

1984 年 5 月，在江蘇丹徒北山頂春秋墓〔註6〕，出土銅器甚多，重要的有遱邡鐘七枚、遱邡鎛五枚、錞于三件、丁寧一件、鼎三件、缶二件、盤（報告中稱鑒）一件、鳩杖一副、斧、斤各一件、刀、削等文具、矛、戟、矢等兵器及轄軎、銜環等車馬器若干。伴出其它質地的器物有陶盆、陶壺、印紋硬陶罐、石編磬、鼓桴頭、骨貝等。

6、江蘇邳州劉林春秋墓銅器群

距梁王城北約 1 公里的劉林遺址，是一處內容豐富的新石器至商周時代文化遺址。1958 年冬，這裏發現一座春秋時期貴族墓葬〔註7〕，出土了大量青銅器，大多已流失，徵集到的有方壺 2 件，鏤空方蓋 1 件，西替簠 2 件，匜 1 件，衝 2 件，勺 2 件，西替鎛3 件，鏤空瓿 1 件，大鼎 1 件。據高明、張正祥等先生的考證，西替鎛的時代應為春秋中、晚期，約為公元前 600 年前後〔註8〕。

7、江蘇邳州九女墩二號墩銅器群（64 件）

1995 年春，在江蘇邳州九女墩二號墩出土銅器六十四件，其中有叡巢鎛六枚、編鈕鐘八枚、鼎三件、缶一件、及戈、矛、斧、鐮、刀、削若干。伴出其它質地的器物有陶鼎、鬲、豆、罐、印紋硬陶罐、石編磬、石球、海貝等〔註9〕。

8、江蘇邳州九女墩三號墩銅器群（222 件）

1993 年春，在江蘇邳州九女墩三號墩出土銅器二百二十二件，其中有

〔註6〕 江蘇省丹徒考古隊：《江蘇丹徒北山頂春秋墓發掘報告》，《東南文化》1988 年第 3 ～4 期合刊。

〔註7〕 參見南京博物院：《1959 年冬徐州地區考古調查》，《考古》1960 年第 3 期。

〔註8〕 參見高明：《高明論著選集》，科學出版社，2001 年；張正祥：《西替鎛》，《南京博物院集刊》第 5 輯，1982 年。

〔註9〕 南京博物院等：《江蘇省邳州市九女墩二號墩發掘簡報》，《考古》1999 年第 11 期。

𣪘乍編鈕鐘九枚、編鎛六枚、編甬鐘四枚、鼎六件（包括獸首鼎一件）、豆、盤各五件、鬲、壺、尊、龍首盃、罍、缶、爐盤各一件、杖飾一副、削、鋸、鋤、鐮、戈、劍、鈎、鏃及車馬器若干。伴出其它質地的器物有陶罐、鬲、印紋硬陶罐、石編磬、玉璧、玉璜、水晶環、海貝、角鑣等〔註10〕。

儘管上面的幾處墓葬和窖藏除邳州九女墩三號墩外，其餘均遭受不同程度的盜擾，我們仍可從中粗略看出徐國貴族大墓中青銅器群組合的基本特點：

1、對樂器十分看重。丹徒北山頂春秋墓有編鈕鐘、編鎛、錞于、丁寧，邳州九女墩二號有編鈕鐘、編鎛，邳州九女墩三號墩有編鈕鐘、編鎛、編甬鐘，且以上三墓均配有石編磬，九女墩二號、三號墩還嚴格按照「諸侯軒縣」的樂懸方式擺放鐘、磬。

2、對中原所盛行的列鼎制度並不看重。在徐器中迄今未見中原諸國流行的與鼎相配使用的簋。規模較大的邳州九女墩三號墩也只出了三件大小相次的列鼎。

3、徐人繼承商人嗜酒的傳統，徐器中多有酒器，如江西高安出三件觶、邳州九女墩三號墩出有壺、尊、龍首盃、罍、缶，紹興306號墓出有尊、盃、罍，丹徒北山頂春秋墓、邳州九女墩二號墩出有缶，劉林古墓出兩件銅方壺，侯馬上馬村13號墓出土兩件銅方壺。

第二節　徐國青銅器的形制

我們從現有的徐國青銅器圖像資料中，選取標本件數較多及具有地方特色的典型器物，進行排比分析。計有鼎、尊、壺、盤、缶、爐盤、鐘七類。現依次對各類器物的型式分述如下：

（一）鼎

春秋時期徐國的鼎形器可分為五型。

A型，獸首鼎，在邳州九女墩三號墩出土1件，M3：41，附耳，口曲，深腹，底較平緩，三蹄形足較矮小，鼎前伸出一獸首，圓目突出，獸首上聳兩犄角，角上飾羽翅式獸體捲曲紋，內填三角形雷紋，頸、腹交界處飾一周繩紋，頸、腹部均飾蟠蛇紋。獸首內空與鼎腹連接，獸嘴無孔，不起流的作用。鼎後

〔註10〕　孔令遠、陳永清：《江蘇邳州市九女墩三號墩的發掘》，《考古》2002年第5期。

有脊棱作尾。這類獸首鼎以往曾在群舒故地出土過數件，因而被多數學者認為是群舒特有的器物。邳州九女墩三號墩出土的這件獸首鼎，加上紹興坡塘 306 號墓出土獸首鼎殘片，以及江西貴溪崖墓出土的一件陶質獸首鼎，均表明獸首鼎與徐有著密不可分的關係，它也為徐、舒文化屬同一體系說提供了有力的證據。

B 型，罐形鼎，在邳州九女墩三號墩出土 1 件，M3：39，直口，方唇，短直頸，鼓腹、圓肩、圓底，三蹄形足較粗矮。肩上有兩耳，為圓雕立虎形狀，虎身下穿有套環。肩上飾一周三角紋，內塡雲雷紋。肩及腹部有四道繩紋。腹部飾以三角雲雷紋組成的菱形紋。底為素面。覆盤形平蓋上飾以菱形圖案為地紋。以兩蟠螭頭回首相顧而形成的環鈕為中心，蓋上鑄有立雕虎、鹿四組，一、二組分別為四立虎兩兩相對，第三、四組分別為四虎四羊，虎與羊間隔著排列立於蓋的邊緣。

C 型，湯鼎，在邳州九女墩三號墩出土 1 件，M3：62，小口、短直頸、扁球形腹、三蹄形足、肩上有兩環狀立耳作雙頭蟠螭曲體拱背之狀，蟠螭為方頭、豎耳、圓睛、鱗紋頸。覆盤形平頂蓋中央有一橋形鈕，邊上另置三個兩頭翹起立獸形圓鈕。底有煙炱痕。紹興坡塘 306 號墓出土徐䣄尹瘄湯鼎一件，邳州九女墩二號墩也出土 1 件湯鼎。關於湯鼎的用途，陳公柔先生指出「此式鼎……多與盥缶同出，知為浴器」。

D 型，附耳盆形鼎，在邳州九女墩三號墩出土 3 件，形制、紋飾基本相同，大小依次遞減。M3：35，子母口內斂，有兩長方形附耳立於肩上，微侈，弧壁內收成圓底，三蹄形足根部飾羽翅式獸體捲曲紋。通體飾有細勾連雷紋，腹部有一周繩紋，底部有煙炱痕跡。覆盤狀弧形蓋面上飾勾連雷紋，上有三圓形鈕。這類鼎在春秋中晚期徐國銅鼎中是最為常見的類型，在邳州九女墩二號墩出土 3 件，丹徒北山頂春秋墓出土 3 件（雲紋鼎、夔紋鼎、甚六鼎），紹興坡塘 306 號墓出土 2 件（圓底鼎）均屬此類。

E 型，沿耳盆形鼎，這類鼎是春秋早期徐國銅鼎的常見類型，如余子汆之鼎，該鼎的形制是，沿耳直立，淺腹聚足，三蹄形足，腹為半球狀，胸部飾變形蟬紋一周。與其形制相似的還有餘子汆鼎（腹部飾有兩方連續的蟠螭紋）和徐王糧鼎（胸部飾竊曲紋一周），在邳州梁王城金鑾殿遺址的兩座春秋早、中期墓葬中，共出土四件這種形制的銅鼎。

（二）尊

春秋時期徐國的尊只有一種形制，在紹興坡塘 306 號墓和在邳州九女墩三號墩中各出土一件。

邳州九女墩三號墩出土，1 件，M3：79，三段式尊，侈口，高頸，斜肩，扁鼓腹，高圈足外撇，下接高 1 釐米的直裾，頸下端和圈足上端各飾一周細密的鋸齒紋和纖細的交連雲紋。腹壁上、下以連珠紋爲欄，其間滿飾雙鈎變形獸面紋，在扁薄突起的細道之間配以細線紋，並布滿極細小的棘刺紋。紹興坡塘 306 號墓所出之尊，與九女墩三號墩出土的尊形制、紋飾基本相同。

（三）壺

春秋時期徐國的壺可分二型。

A 型，方壺，邳州火石埠劉林古墓出土兩件銅方壺，方口，口沿較窄略外卷，長頸，高圈足，有兩環形耳，壺蓋爲透雕蟠螭糾結而成，壺肩、腹四角附有獸形脊棱，壺頸部飾有交龍紋，腹部飾有垂鱗紋。山西侯馬上馬村 13 號墓也出有兩件類似的方壺，不同之處在於其圈足的上半部分爲鏤孔，細部紋飾也略有不同。

B 型，提鏈壺，邳州九女墩三號墩出土，1 件，M3：64，方唇敞口，口沿外撇，頸部較長，腹部較鼓，束腰平底。肩部有兩蛇形環鈕，套有十個環相連組成提鏈，蓋上亦有兩環鈕，各套一銅環，與提鏈套起。提梁呈兩蛇曲體拱背之狀，蓋上飾蟠蛇紋。壺頸飾一周交龍紋，腹部飾交織套結成網格狀的絡紋，將腹部分成三段數小區，各小區內塡蟠蛇紋。

（四）盤

春秋時期徐國的盤可分三式。

Ⅰ式，丹徒北山頂春秋墓出土，一件，MJB：10，原報告中稱爲青銅鑒，大口，折沿，腹斜收，平底，有三矮蹄形足，兩鋪首環耳，頸、腹部飾有空心乳釘狀凸起的變形蟠蛇紋，其間有繩紋三道，腹下飾一周三角紋，內塡變形雲雷紋。1974 年江西清江臨江鎮出土一件蟠蛇紋鑒，與此器相似。（見《中國青銅器全集》第 11 卷頁 148 上）

Ⅱ式，江西靖安縣水口公社出土徐王義楚盥盤，一件，大口，廣腹，平底，兩鋪首環耳，頸部飾有空心乳釘狀凸起的變形蟠蛇紋，頸、腹處間以一周繩索

狀堆紋和雲雷紋組合，腹部飾密集的橫條溝紋。

III式，邳州九女墩三號墩出土，五件，大小、形制、紋飾基本相同。M3：34，口沿方折，頸略收，肩稍斜，腹部直緩，平底，腹部飾兩道繩紋，頸、腹部均飾細密、整齊的蟠蛇紋。腹下部飾兩周三角紋，內塡變形雲雷紋。

這三式盤，清楚地顯示出徐國銅盤從有耳有足到爲無耳無足的演化、蛻變過程。

（五）缶

春秋時期徐國的缶只有一種形制，在邳州九女墩二號墩、三號墩各出土一件，在丹徒北山頂春秋墓中出土兩件。

邳州九女墩二號墩出土一件缶，M2：75，方唇，平沿，直頸，鼓腹，平底，矮圈足。弧頂蓋，蓋周緣有四獸形鈕扣於缶口，與缶口咬合，蓋頂有四個鳥形環飾，缶腹部有四個鳥形飾，蓋面和缶腹部均飾蟠螭紋。丹徒北山頂春秋墓中出土的兩件缶（M：6；M：7）與邳州九女墩二號墩所出形制基本相同，僅細部裝飾略有差異。

（六）爐盤

春秋時期徐國的爐盤可分四式。

I式，徐令尹者旨罃爐盤，江西靖安出土，一件，該爐盤整體厚重，形制較大。分盤體和底座兩部份。盤爲直口，斜沿，突唇，直腹，平底，腹壁有兩對稱的環鏈狀附耳，器腹滿飾規整的、細密的交龍紋。底座爲一直徑四十五釐米的圓環，上置十根獸首銜環狀小支柱，尾端上承盤體。環座與支柱均飾絇索紋。

II式，邳州九女墩三號墩出土，一件，M3：53，該爐盤整體厚重，形制較大。分盤體和底座兩部份。盤爲直口，折沿，斜折腹，平底。盤口沿兩面各爬有一虎，前二爪抓盤口沿，嘴銜盤沿，虎耳豎立，尾巴翹起。盤肩有兩環形鈕，套有提鏈。頸、肩部飾蟠蛇紋。底座爲長方框，上置有二十餘根小支柱（因缺一角，故不知確數），一端接方框底座，另一端承盤體。

III式，王子嬰次爐，1923 年在河南新鄭縣（今新鄭市）李家樓一座春秋時期大墓中出土，一件，器似長方盤，敞口，圓角，淺腹，平底，器底圍列柱狀殘足二十三個。腹壁前後各有一環鈕，鈕上繫一圓環，左右兩端各有鼻鈕二，

爲三節提鏈，通體飾斜方格穀粒紋，上下均以繩紋爲界。

IV式，徐王之元子爐，浙江紹興 306 墓出土，一件，廣口，平沿，頸部稍內收，腹微弧，爐底座爲五條蟠螭倒立於圓環之上，側視猶如鏤孔的圈足。腹壁飾細密的蟠螭紋，下段飾三角形紋，內塡變形雲雷紋。

（七）編鐘

春秋時期徐國的編鐘可分三型，鈕鐘、甬鐘和鎛鐘。

A 型，鈕鐘，𫚉乍編鈕鐘，邳州九女墩三號墩出土，九件，形制、紋飾基本一致，大小相次成一組。鐘體厚實，聲音宏亮，表面銹蝕較輕，銅胎較好。長方形鈕，銑棱齊直，於口弧曲較大。鈕爲素面，舞、篆間均爲夔龍紋。鼓部爲交龍紋，兩兩相對，龍身以雷紋爲底，十分精緻。鉦部及兩銑均有銘文。丹徒北山頂春秋墓出土七枚遲𭄢編鈕鐘、邳州九女墩二號墩出土八枚編鈕鐘，形制、紋飾均與𫚉乍鐘基本一致，傳世品儔兒鈕鐘、徐王子旃鈕鐘除鐘鈕上增有附飾外，形制、紋飾也與以上徐國編鈕鐘基本一致。

B 型，鎛鐘，邳州九女墩三號墩出土編鎛六件，形制、紋飾基本一致，大小相次成一組。鈕爲扁形複鈕，由兩對大龍及兩對小龍糾結而成。平舞、平於口、銑棱直。紋飾華麗精緻，與同出甬鐘一致。陽線框隔枚區，枚呈螺旋形，篆間飾細密的羽翅式獸體捲曲紋，舞及鼓部飾羽翅式獸體捲曲紋，細部塡雲紋、櫛紋、三角紋等。編鎛於口內鑄有內唇，唇呈帶狀，唇上有調音時留下的銼磨痕跡。邳州九女墩二號墩出土的六枚叔巢編鎛、丹徒北山頂春秋墓出土的五枚遲𭄢鎛形制、紋飾與邳州九女墩三號墩所出基本一致，沇兒鎛的形制與以上徐國編鎛基本一致，只是紋飾上有所區別，該鎛鼓部飾對稱式的八龍交纏紋，篆間飾三角形蟠龍紋，與以上徐國編鈕鐘上的紋飾相像。

C 型，甬鐘，邳州九女墩三號墩出土編甬鐘四件，形制、紋飾基本相同，大小依次遞減。甬爲八棱柱狀，內存紅色陶土範芯。甬上端稍細，下部漸粗，斡、旋具備。銑棱略顯弧度，銑角部微微內斂。鼓部較闊，於口弧曲稍大。甬面、衡部飾細密的羽翅式獸體捲曲紋。鐘體表面以陽線框隔枚區，枚作二節圓柱狀。鉦部素面，篆間和鼓部也飾羽翅式獸體捲曲紋，其細部塡飾卷雲紋、櫛紋及三角紋。舞面紋飾與鼓面相同，十分精緻。各甬鐘於口內均有調音銼磨痕跡，且四側鼓部內面均有修長的音梁。著名的傳世品王孫遺者甬鐘、河南淅川

下寺二號墓出土的二十六枚王孫誥甬鐘在形制紋飾上，均與邳州九女墩三號墩出土的編甬鐘極為相似。

第三節　徐國青銅器的紋飾

1、羽翅式獸體捲曲紋

徐國編鐘上大多飾有浮雕羽翅式獸體捲曲紋，這種紋飾源於中原西周編鐘上常見的對稱相背式卷龍紋，如克鐘和梁其鐘的鼓部。經徐人改造之後，獸體呈羽翅狀，頭部較粗，呈雲雷紋盤旋狀，尾端尖銳翹起，獸體內一般填以櫛紋。這種紋飾具有一種強烈的律動感，飾於編鐘上極富藝術魅力。春秋時期的徐國編鐘如儔兒鐘、遱邚鐘及邳州九女墩三號墩出土的編甬鐘、編鎛鐘等都飾有這種紋飾。

2、蟠蛇紋、繩紋與三角紋

春秋晚期徐國青銅器上常見蟠蛇紋、繩紋與三角紋這三種紋飾的組合，尤以盤上最為常見。如邳州九女墩三號墩出土的盤腹部飾兩道繩紋，頸、腹部均飾細密、整齊的蟠蛇紋。腹下部飾兩周三角紋，內填鈎線的變形雲雷紋。蟠蛇紋已圖案化、模式化，應是受印紋陶模製花紋做法的影響。徐王之元子爐、丹徒北山頂春秋墓出土盤 MJB：10 也是類似的做法。

3、鋸齒紋、蟠蛇紋與連珠紋

鋸齒紋、蟠蛇紋與連珠紋的組合在邳州九女墩三號墩出土的銅尊 M3：79，頸下端和圈足上端各飾一周細密的鋸齒紋和纖細的交連雲紋。腹壁上、下以連珠紋為欄，其間滿飾雙鈎變形獸面紋，在扁薄突起的細道之間配以細線紋，並布滿極細小的棘刺紋。紹興 306 墓出土的銅尊和丹徒北山頂春秋墓出土的鳩杖均有同樣的紋飾。

4、龍首紋、交龍紋

龍首紋多用於鼎上，如庚兒鼎的龍紋，單元紋樣作方形，龍的頭、頸方折，口似吐舌，軀體很短，與相鄰的單元的龍紋顛倒反置。徐令尹者旨型爐盤和余太子鼎的交龍紋，兩龍尾部相交，龍頭各居一角，軀體較長，組成一個比龍首紋較大的方形單元。邳州九女墩三號墩出土的銅壺、杖飾上亦有交龍紋的運用。

第四節 王子嬰次爐的復原及其國別問題

王子嬰次爐是 1923 年在河南新鄭縣（今新鄭市）李家樓一座春秋時期大墓中發現的，同出的還有鐘、鼎、鬲、簋、簠、尊、罍、壺、舟、洗、盤及兵器、車器、馬飾等青銅器共百餘件〔註 11〕。王子嬰次爐的器形、紋飾及銘文字體均與同墓所出的其它器物風格迥異。長期以來，學者們對王子嬰次爐的底座形狀、用途及其國別有著不同觀點。下面我們結合最近江蘇省邳州市九女墩三號墩春秋晚期徐國王族大墓出土的方爐及其它相關材料，對上述問題進行探討（本文有關器物圖見附圖十三）。

1、關於王子嬰次爐底座的形狀

王子嬰次爐出土的時候，其底部已殘，對於其底座的形狀，主要有以下三種觀點：

郭沫若先生認為，「爐呈盤形，僅有至淺之圈足，知必有座。器與座且可分離，……其座且具存於《圖錄》中，所謂『殘豐』者是也。此器四柱上承，四端連結可形成矩形，一見可知其必為方座之器，……且二者同出於一墓，而尺寸亦相埒，此而可謂非一器者，吾不信也」〔註 12〕。

郭寶鈞先生認為，其底為「連珠形泡狀足二十三個，支持上體」，以使得「器底不親地，熱可溫室」〔註 13〕。

馬世之先生認為，「其座或許有如曾侯乙墓炒爐下部之形狀，即一盛炭之設施」〔註 14〕。

這裏需要附帶提及一下關於所謂「殘豐」用途的討論，徐中舒先生認為，「新鄭遺物中有銅製操蛇之神，作戴蛇、操蛇、踐蛇之形，古或以為鎮墓之用。《新鄭古器圖錄》以為殘豐，蓋不足信。」〔註 15〕郭寶鈞先生也認為，「有所謂『不知名器』一件，突目方鼻，頭生四角，足踏雙蛇，狀甚詭怪，或以

〔註 11〕 關百益：《新鄭古器圖錄》，1929 年，轉引自〔2〕。

〔註 12〕 郭沫若：《新鄭古器之一二考核》，見《殷周青銅器銘文研究》，科學出版社，1961 年 10 月。

〔註 13〕 郭寶鈞：《商周銅器群綜合研究》，文物出版社，1981 年。

〔註 14〕 馬世之：《也談王子嬰次爐》，《江漢考古》1981 年第 1 期。

〔註 15〕 轉引自羅桂英：《館藏珍品・春秋鎮墓獸》，《歷史文物》（臺北），11 卷第 2 期（2001 年 2 月）。

爲『殘豐』，或以爲『爐座』，皆有未諦，若按信陽長臺關鎭墓獸之例測之，疑或是古方相之臆造，而後爲鎭墓獸的前型，亦未敢定」〔註16〕。徐、郭二先生關於「殘豐」即鎭墓獸的推斷無疑是正確的。而且殘豐與爐盤出土的位置不同，一在墓穴的東北隅，一在北而稍偏西，況且殘豐後兩柱高，前兩柱底，其上顯然不可置物。另外「殘豐」上只有四柱，而爐底有二十三個支柱痕跡，故郭沫若先生認爲「殘豐」即爐盤底座的說法不能成立。

郭寶鈞先生認爲爐底爲連珠形泡狀足二十三個，與他所說的「器底不親地，熱可溫室」相矛盾，這種泡狀足高不及一指，幾與器底著地沒什麼差別，又怎能起到「熱可溫室」的作用呢？故「連珠形泡狀足」底座的說法也不能成立。

馬世之先生認爲爐座爲帶三矮蹄形足的淺盤，亦與王子嬰次爐底部的殘足痕跡不合。

那麼，王子嬰次爐的底座究竟是什麼樣子呢？最近，江蘇省邳州市九女墩三號墩徐國王族墓中出土的一件方爐爲我們揭開了這一謎底。該爐盤整體厚重，形制較大。分盤體和底座兩部分，盤體與底座合爲一體，不可分開。盤爲直口、折沿、斜折腹、平底。盤口沿兩面各爬有一虎，前二爪抓盤口沿，嘴銜盤沿，虎耳豎立，尾巴翹起。盤肩有兩環形鈕，套有提鏈。頸、肩部施有蟠蛇紋。底座爲長方框，上置有二十餘根小支柱（因缺一角，故不知確數），下接方框底座，上一端承盤體。長52、寬38、高26釐米〔註17〕。

將王子嬰次爐的底部對照一下九女墩所出方爐的底部，我們不難看出王子嬰次爐底部所餘的二十三個小支柱的殘痕，其原來的形狀正如九女墩方爐底座一樣。這種底座應爲圈足的一種變體，目的是將爐盤底部架高，使之不接觸地面，讓爐盤所產生的熱量儘量地散發出來。還有一件徐國爐盤即江西靖安出土的徐令尹者旨瞀爐盤，其底座亦與上面二器相近，略有不同的是，其底座呈環形，上置十根獸首銜環狀小支柱，尾端上承盤體〔註18〕。再有一

〔註16〕　郭寶鈞：《商周銅器群綜合研究》，文物出版社，1981年。

〔註17〕　孔令遠、陳永清：《江蘇邳州九女墩三號墩的發掘》，《考古》2002年第5期。

〔註18〕　江西省歷史博物館、靖安縣文化館：《江西靖安出土春秋徐國銅器》，《文物》1980年第8期。

件浙江紹興 306 墓出土的徐王之元子爐，該爐底座爲五條蟠螭倒立於圓環之上〔註19〕，側視猶如鏤孔的圈足。亦與上述爐座有異曲同工之妙。由此可見，王子嬰次爐的底座正如上述爐座相似，應爲二十三個小支柱上承盤體，下連方框圈足而成。

2、關於王子嬰次爐的用途

關於該器的用途主要有以下三種不同觀點。

王國維先生認爲，「盧，《說文》云，『飯器也』。又云『凵盧』，飯器以柳爲之，「盧者，凵盧之略也」〔註20〕。容庚、張維持先生也認爲，「所謂笙盧（即凵盧），是象長闊口的盛飯器」〔註21〕。他們都認爲王子嬰次爐爲盛飯之器。

馬世之先生認爲是作爲炊器用的炒爐〔註22〕。

郭沫若先生認爲，「其器坦平而無蓋，不適於爲飯器。」〔註23〕「許書『鑪，方鑪也，從金盧聲』，今器爲方器，與許說正合」。「余謂此乃古人燃炭之鑪」〔註24〕。

我們認爲釋鑪爲燃炭之燎爐是合理的，後來很多考古發現都證明這類器物是用來取暖用的燎爐。如汲縣山彪鎮，長治分水嶺、陝縣後川鎮、壽縣朱家集、信陽長臺關、隨縣擂鼓堆、江陵望山、江西靖安等處，也都發現同樣的燎爐，大多有長鏈，提不燙手，而且多有移炭之箕伴出，雖然器有方圓不同，但其爲燃炭取暖之設備則決無可疑。信陽長臺關 1 號墓所出燎爐上還置有一堆木炭〔註25〕，更明確無誤地揭示出這類爐盤的用途。九女墩所出方爐的底座使得王子嬰次爐底座的形制得以確定，也爲王子嬰次爐爲燎爐的說法提供了佐證。

〔註19〕 浙江省文管會等：《紹興 306 號戰國墓發掘簡報》，《文物》1984 年第 1 期。

〔註20〕 王國維：《王子嬰次爐跋》，《觀堂集林》第十八卷，《王國維遺書》第三冊，上海古籍出版社，1983 年。

〔註21〕 容庚、張維持：《殷周青銅器通論》，文物出版社，1984 年。

〔註22〕 馬世之：《也談王子嬰次爐》，《江漢考古》1981 年第 1 期。

〔註23〕 郭沫若：《兩周金文辭大系圖錄考釋》，科學出版社，1957（1935）年。

〔註24〕 郭沫若：《新鄭古器之一二考核》，見《殷周青銅器銘文研究》，科學出版社，1961 年 10 月。

〔註25〕 河南省文化局文物工作隊：《河南信陽楚墓出土文物圖錄》，鄭州，1959 年。

3、關於王子嬰次爐的國別和時代

郭沫若先生認為是鄭器，「余意器出鄭墓，自當為鄭器，……王子嬰次即鄭子嬰齊，則新鄭之墓當成於魯莊公十四年（公元前 680 年）後之三、五年間，……『王子嬰次爐』之製作必當在鄭子尚為公子之時，故至遲亦當作於魯莊公元年（公元前 693 年）」〔註26〕。

王國維先生認為是楚器，「王次嬰次」即楚嬰齊，即楚令尹子重，該器之所以會出現在鄭墓中，是因為魯成公十六年（公元前 575 年）鄢陵之役楚師兵敗後遺於鄭地的〔註27〕。

我們認為郭沫若先生和王國維先生均拘泥於對「王子嬰齊」的考證，而未能從器物學上去尋找證據。鄭器說單從銘文上的「王子」二字就講不通。春秋之時無論是在文獻上，還是在金文中都找不到鄭國稱王的證據。再從銘文風格上看，該器銘文字體秀頎，筆劃纖細，完全不同於鄭器銘文如春秋晚期《哀成叔鼎》遒勁樸拙的字體風格〔註28〕。又從中原爐的形制來看，汲縣山彪鎮 1 號墓所出之爐為三蹄形足〔註29〕、長治分水嶺 26 號墓所出之爐之為三矮蹄形足〔註30〕、咸陽戰鬥公社所出之爐為四矮蹄形足〔註31〕。以上中原形制的爐盤均為蹄形足，不同於王子嬰次爐的支柱狀圈足，故鄭器說無法成立。

再來看楚器說，該說為大多數學者所接受，然而對照一下楚國爐盤的形制，我們認為這個結論並不可靠。如隨縣擂鼓堆 1 號〔註32〕、2 號墓〔註33〕、

〔註26〕　郭沫若：《新鄭古器之一二考核》，見《殷周青銅器銘文研究》，科學出版社，1961年 10 月。

〔註27〕　王國維：《王子嬰次爐跋》，《觀堂集林》第十八卷，《王國維遺書》第三冊，上海古籍出版社，1983 年。

〔註28〕　洛陽博物館：《洛陽哀成叔墓清理簡報》，《文物》1981 年第 7 期。

〔註29〕　郭寶鈞：《山彪鎮與琉璃閣》，科學出版社，1959 年。

〔註30〕　山西省文管會、山西省考古所：《山西長治分水嶺戰國墓第二次發掘》，《考古》1964年第 3 期。

〔註31〕　陝西省博物館、陝西省文管會：《文化大革命期間陝西出土文物展覽》，陝西人民出版社，1973 年。

〔註32〕　林巳奈夫：《春秋戰國時代青銅器の研究》（殷周青銅器綜覽三），吉川弘文館，1989年。

〔註33〕　湖北省博物館、隨州市博物館：《湖北隨州擂鼓堆二號墓發掘簡報》、《文物》1985

信陽長臺關 1 號墓〔註34〕、江陵望山 1 號墓〔註35〕、壽縣朱家集〔註36〕等楚國或楚系墓葬所出爐盤均爲三蹄形足，另外，壽縣朱家集還出兩件爲四矮蹄形足的爐盤〔註37〕。總之，楚式爐盤的底座同中原式爐盤的相近，也未有如王子嬰次爐那樣的支柱狀圈足。，而且該器銘文字體風格亦與同時期典型楚器如《王子午鼎》的字體風格有所不同〔註38〕，再者該器所飾的斜網格穀粒紋及弔鏈的形狀亦不同於楚器。故楚器說證據不夠充分。

如上所述，王子嬰次爐的底座與徐令尹者旨齧爐盤、徐王之元子爐及邳州九女墩三號墩徐國大墓所出爐盤形制相近。有這種形制底座的爐盤，目前發現多爲徐器。再從紋飾風格上看，該器紋飾的邊界隔以繩紋，這種裝飾在春秋時期徐係青銅器上常見，如儔兒鐘、沇兒鐘、邳州市九女墩三號墩所出 𠂤𦥑 乍編鐘的篆間、獸首鼎的頸部、盤的腹部均施有繩紋〔註39〕。細密的網格紋則與九女墩二號墩〔註40〕、三號墩〔註41〕所出的印紋硬陶罐上的紋飾極爲接近。爐的弔鏈與江西靖安所出徐令尹者旨齧爐弔鏈的做法一致，而與楚及中原型明顯不同。銘文的風格也與春秋晚期徐器銘文纖細秀頎的整體風格相一致。其中「王」、「孓」與《徐王義楚耑》上的「王」「孓」相近。「矛」與丹徒北山頂所出《次□缶蓋》中的「矛」相近。「止」、「臺」的寫法與《徐令尹者旨齧爐盤》的「止」、「臺」相近。「燎」與紹興 306 墓所出《徐王之元子爐》中的「少」意義相通，均通「燎」字。而且春秋時期徐人稱王，不但在文獻

年第 1 期。

〔註34〕 河南省文化局文物工作隊：《河南信陽楚墓出土文物圖錄》，鄭州，1959 年。

〔註35〕 林巳奈夫：《春秋戰國時代青銅器の研究》（殷周青銅器綜覽三），吉川弘文館，1989 年。

〔註36〕 林巳奈夫：《春秋戰國時代青銅器の研究》（殷周青銅器綜覽三），吉川弘文館，1989 年。

〔註37〕 林巳奈夫：《春秋戰國時代青銅器の研究》（殷周青銅器綜覽三），吉川弘文館，1989 年。

〔註38〕 河南省丹江庫區文物發掘隊，《河南省淅川縣下寺春秋楚墓》，《文物》1980 年第 10 期。

〔註39〕 孔令遠、陳永清：《江蘇邳州市九女墩三號墩的發掘》，《考古》2002 年第 5 期。

〔註40〕 南京博物院等：《江蘇省邳州市九女墩二號墩發掘簡報》，《考古》1999 年第 11 期。

〔註41〕 孔令遠、陳永清：《江蘇邳州市九女墩三號墩的發掘》，《考古》2002 年第 5 期。

上有證據，金文中也是屢見不鮮。綜上所述，我們可判斷王子嬰次爐爲春秋晚期徐國器物，鑄造時間約當義楚爲王時期、即公元前六世紀中葉，這個時間與王國維先生所論接近。徐國器物埋於別國墓中在春秋時期已見多例，如庚兒鼎出自侯馬上馬村晉國墓地〔註42〕等。這件王子嬰次爐可能是由於盟會、征伐、賄賂、饋贈等原因而流落至鄭國，由於史料所限，關於王子嬰次的詳細情況及該爐是怎樣流落至鄭國的等問題，只好暫付闕如，以待來者。

第五節　俎制新考

一九九三年二月，江蘇省邳州市博物館對戴莊鄉九女墩一座春秋晚期徐國王族墓進行了發掘，該墓出土了大量青銅器〔註43〕，其中一件長方形雙層盤狀器甚爲獨特。該器爲上、下兩層長方形盤合鑄而成，底有四個矩形足，上、下層之間無四堵。該器長二十一釐米，寬十六・七釐米，高十一釐米。該器與鼎、豆等青銅禮器同出。廣州西漢南越王墓中也曾出土一件類似的器物。據我們考證這種器物可能是流行於周代的重要禮器——房俎。

1、關於俎的質地

王國維先生在《觀堂集林・說俎》中曾對俎作過周密的考證。在文章的開頭，他慨歎道：「傳世古器樂器如鐘磬，煮器如鼎鬲甗……兵器如戈戟矛劍，世皆有之，唯俎用木爲之，歲久腐朽，是以形制無傳焉」〔註44〕。

的確，從出土或傳世器看，自名爲俎的器物迄今未見，符合經傳所稱的俎形制的器物在以前也未見過報導。這種情況與先秦古籍中經常提到俎的現象很不相符〔註45〕。俎極少出土的原因至今仍是個謎。那麼，俎「絕跡」的原因是否因爲俎爲木製呢？我們認爲情況並非如此簡單。

〔註42〕　山西省文物管理委員會：《山西侯馬上馬村東周墓葬》，《考古》1963 年第 5 期；
　　　　　張頷、張萬鐘：《庚兒鼎解》，《考古》1963 年第 5 期。

〔註43〕　孔令遠、陳永清：《江蘇邳州市九女墩三號墩的發掘》，《考古》2002 年第 5 期；
　　　　　孔令遠：《試論江蘇邳州市九女墩三號墩出土的青銅器》，《考古》2002 年第 5 期。

〔註44〕　王國維《王國維遺書》第一冊，《觀堂集林・說俎上》，上海古籍書店，1983 年。

〔註45〕　「俎」字《春秋》三傳中，出現過 6 次，在《周禮》中出現過 9 次，在《禮記》中出現過 33 次，在《儀禮》中出現過 271 次。

首先，先秦古文獻中並無確鑿的證據證明俎全都為木製，相反倒有證據表明俎為銅製，如《左傳‧襄公二十八年》：「慶舍……以俎壺投殺人而後死」。此俎必為青銅所鑄，不然何以會被用來投擲殺人，若為木製，則份量太輕，不可能在投擲一段距離後還能致人死命。又如《韓非子‧六反》：「夫欲得力士而聽其言，雖庸人與烏獲不可別也，授之以鼎俎，則罷健效也。」如此俎非青銅所鑄，又怎會被用來測試力氣的大小呢？再者，進入青銅時代後，禮器多為青銅所鑄，俎常與鼎、豆、壺、簋、簠等組合使用，為何這些器物均為銅鑄，而唯獨俎不可呢？其實在眾多青銅禮器中，兀然冒出一個木製的俎來，也一定是不和諧的。

2、關於俎與砧板的區別

很多人之所以會想當然地認為俎應為木製，可能由於人們常將刀與俎聯繫在一起，將俎誤解為砧板有關。當然，作為砧板，用木製無疑是最合適的。然而，在周代，俎與砧板卻是風馬牛不相及的。其實即使刀與俎聯在一起說，也並不能就此認定俎就是砧板。如《史記‧項羽本記》：「如今人方為刀俎，我為魚肉」。這裏的俎完全可以理解為盛食器，並不一定就是砧板。其中道理正如西方人吃飯時，將刀放於菜盤旁，是為了便於切割食物，但並不能因此得出菜盤就是砧板的結論一樣。

從古人的生活習俗上看，周人是嚴格遵循「君子遠庖廚，凡有血氣之類身弗踐也」（《禮記‧玉藻》）這類清規戒律的，作為砧板意義的刀俎則為庖人所用之物，怎可能成為君主、貴族祭祀、宴饗時擺在臺面上的重要禮器？周代作為祭祀、宴饗用的重要禮器的俎與廚人所用的砧板之間有著天壤之別。

上古文獻的材料更明確表明俎是盛食器，而非砧板。如《尚書大傳‧雒誥》：「及執俎抗鼎，執刀執匕者負廧而歌。」俎上所放的是大塊帶骨的肉，吃的時候理應用刀切割，而鼎內為帶羹的肉塊，所以用匕更為方便。有時俎也與匕配套使用，如《儀禮‧士昏禮》：「匕俎從設。」

3、關於俎的形制

由於俎與幾、砧板混淆已久，所以當羅振玉先生在《古器物識小錄》中將幾、案狀的器物定名為俎後〔註46〕，後世學者紛而從之。如馬承源先生主編

〔註46〕 楊樹達《積微居金文說‧饕餮蟬紋俎跋》第 134 頁，中華書局，1997 年；羅振玉

的《中國青銅器》一書，認為俎「為長方形案面，中部微凹，案下兩端有壁形足。」該書還收錄了三件這樣的「俎」〔註47〕。

我們認為周代俎的形制不同於以上三器，邳州九女墩三號墩和廣州西漢南越王墓所出的長方形雙層盤狀器，才合乎周代的房俎的形制。

首先，從字形上看，俎為 ![字] （《三年癲壺》），象帶骨的肉放在俎上之形，此種帶骨之肉較大，以致搭在了俎沿之外。![字]象骨節之狀。「且」字的本義與「俎」相同，其字形為 ![字] （《孟鼎》）、![字] （《仲辛父簋》），均為上、下兩層，底下一橫代表地面。最上面有的有一尖狀物突起，代表俎頂角微向外撇的尖頂、與「俎」同義的字還有「宜」，字形作 ![字] （《般甗》），從該字字形可以清楚地看見俎的上、下兩盤中均放有肉，這表明俎的形制應是上層無蓋，下層無堵，唯有如此，方能將上、下層所置的肉一覽無餘。這些字形上面的弧形封頂，並不意味著俎有頂蓋，而是表示俎上層盤的外沿。這些字形表現的都是從俎的斜上方向下俯視的情景。關於這點，王國維先生在《說俎》中也有提及，「要之，古文 ![字] 字與篆文且字象自上觀下之形，![字] ![字]乃自其側觀之，![字]與幾自其正面觀之，俎制略具矣」〔註48〕。再看《中國青銅器》上的三俎均為單層，這類器與「幾」字字形相合，如![字] （《欽罍》）。

其次，從名稱上看，周代的俎，被稱作房俎，如《詩經‧魯頌‧閟宮》：「白牡騂剛，犧尊將將……毛炰胾羹，籩豆大房」。注曰：「大房，半體之俎，足下有跗，如堂房也」，再如《禮記‧明堂位》：「俎，有虞氏以梡，夏后氏以嶡，殷以椇，周以房俎」。注曰：「房者，俎足下之跗。謂俎之上下兩間有似於堂屋也」。另據《說文解字‧戶部‧房》：「房，室在旁也」。段注曰：「凡堂之內，中為正室，左右為房，所謂東房、西房也，引申之俎亦有房」。焦循曰：「房必有戶以達於堂，又必有戶，以達於東夾西夾，又必有戶以達於北堂」。由此觀之，所謂房俎，取「房」字的兩重含義，其一，謂房之四面有戶，恰似俎之四面無堵。其二，謂俎之上、下兩間，似堂旁有房，俎之所以分為上、下兩間，在於其具有明貴賤的功能，《禮記‧燕義》曰：「俎豆，牲體，薦羞，

《古器物識小錄》第 4 頁，載於《羅雪堂先生全集》初編第七冊，第 2845 頁‧文華出版公司，臺北，1968 年。

〔註47〕馬承源主編《中國青銅器》第 169 頁，上海古籍出版社，1988 年。

〔註48〕王國維《王國維遺書》第一冊，《觀堂集林‧說俎上》，上海古籍書店，1983 年。

皆有等差，所以明貴賤也」。

俎之有上、下兩層，似堂旁有房，堂尊而房卑，故俎上層為尊，下層為卑。《禮記·祭統》：「凡為俎者，以骨為主，骨有貴賤。殷人貴髀，周人貴肩，凡前貴於後。俎者，所以明祭之必有惠也。是故貴者取貴骨，賤者取賤骨。」而俎的作用恐怕也就是將貴骨與賤骨分置上、下兩層，以便食者按其身份各取貴賤。

4、關於俎的用途

《說文解字·且部》：「且，所以薦也」。段注曰：「且，古音俎，所以承籍進物者」。《詩經·小雅·楚茨》：「執爨踖踖，為俎孔碩，或燔或炙，君婦莫莫」。朱熹在《詩經集傳》中注曰：「俎，所以載牲體也」。從「或燔或炙」這句話中，可知道周代的俎底層還可放炭火，兼有炙烤食物的功能。廣州西漢南越王墓中出土的長方形雙層盤狀器底即有煙炱痕跡。

《左傳·宣十六年》：「冬，晉侯使士會平王室，定王享之，原襄公相禮。殽烝。武季私問其故。王聞之，召武子曰：『季氏，而弗聞乎？王享有體薦，宴有折俎，公當享，卿當宴。王室之禮也』」再如《周禮·天官·冢宰》：「王日一舉，鼎十有二，物皆有俎。」通過以上記載可知，俎是用來盛肉以供祭祀或宴饗之用的。其作用有似於今日之托盤，便於端捧和取食。俎的邊沿向上折起，為的是防止俎上的肉滑落下來，而俎的上、下層均無堵，顯然是為了便於人們從不同方位取食。

由以上分析可以得出這樣的結論：周代的房俎為祭祀或宴饗時盛肉用的禮器，兼有炙烤食物的功能。它的形制為上、下兩層長方形盤狀器構成，上層無蓋，下層無堵，質地則如其它禮器一樣，多為青銅鑄成。因而，邳州九女墩三號墩和廣州西漢南越王墓所出的這兩件長方形雙層盤狀器應定名為房俎。《中國青銅器》上的三「俎」似應改名為幾或案。

值得一提的是，俎乃中原華夏族所使用的重要禮器，這件銅俎出自徐國王族墓葬中，這恰好印證了古人所說的「禮失而求諸野」〔註49〕，「中國失禮，求之四夷」〔註50〕。也從一個側面反映出春秋晚期的徐國，受華夏文化的影響之

〔註49〕 《漢書·藝文志》。

〔註50〕 《三國志·魏書·烏桓鮮卑東夷傳》。

深。難怪當時楚伐徐的一個冠冕堂皇的理由竟是：「徐即諸夏故也」〔註51〕。就是說徐夷與華夏諸國靠得太近了。這件銅俎無疑是這段歷史的最好注腳。

第六節　試析徐國青銅器中的多種文化因素——以邳州九女墩三號墩出土銅器爲例

　　由於徐國地處南北文化的交接地帶，從徐器上可以看出南北文化之間相互影響、相互融合的關係，故素來治銅器者尤爲看重徐器。關於研究徐器的重要性，陳公柔先生最近指出，「至於春秋晚期的徐器，似乎具有既不同與江黃諸國的銅器，也與吳越之器有別，是以值得重視。徐器的重要性，在於它們可以將江淮下游諸如江黃等許多小國的銅器與長江以南，時代上大致相近的一些銅器在斷代上、花紋形制上諸多方面可以聯繫起來。」〔註52〕由於九女墩三號墩出土的這批青銅器，是首次在徐國故土未被盜擾的徐人墓葬中出土的成組青銅器〔註53〕。這批青銅器對於認識徐國青銅文化的全貌至關重要。下面我們主要以這批銅器爲基本素材（以下徐國青銅器中凡未說明具體出處者，均出自邳州九女墩三號墩，簡稱 M3），並結合其它相關銅器，對徐國青銅器中包含的多種文化因素略加分析，以就教於方家、學者。

　　徐國青銅器中包含著多種文化因素，如 M3 在器物種類上既有覆盤形弧蓋鼎、提鏈壺、蓋豆等中原、齊魯諸國同期常見器型，又有湯鼎、尊、龍首盉、缶等吳越同期墓葬常出器物，還有獸首鼎等以往大多只出於群舒故地的器物，同時還出土了一批具有典型徐器特徵的器物，如裝飾有羽翅式獸體捲曲紋的編鐘、無耳無足的盥盤、帶支柱狀圈足底座的爐盤等。另外，在裝飾風格上，甚至還可看到戎、狄文化的因素。如罐形鼎蓋上所鑄的四圈立雕虎、鹿，以及這些動物身上對皮毛所作的細緻的刻繪，還有提鏈壺上所飾的絡紋，都見於同時期的鄂爾多斯式青銅器。由此可以看出春秋晚期徐國青銅文化的包含著多種文化因素。

〔註51〕　《左傳・僖公十五年》。

〔註52〕　陳公柔：《徐國青銅器的花紋、形制及其他》，載於馬承源主編：《吳越地區青銅器研究論文集》，香港兩木出版社，1998 年。

〔註53〕　孔令遠、陳永清：《江蘇邳州九女墩三號墩的發掘》，《考古》2002 年第 5 期。

1、中原華夏文化因素

提鏈壺以山東東部出現最早，在西周晚期就已出現。M3 所出提鏈壺與山東長島 M1：3 十分相似〔註54〕。覆盤形弧蓋鼎和蓋豆也是中原和齊、魯春秋時期的常見器型。M3 所出弧蓋盆形鼎與洛陽中州路東周第三期墓 M2729：35〔註55〕、曲阜魯故城甲組春秋墓 M116：4〔註56〕、邳州九女墩二號墩〔註57〕所出銅鼎相仿。豆則與洛陽中州路東周第三期墓 M2729：31、洛陽哀成叔墓所出之豆〔註58〕、曲阜魯國故城甲組春秋墓 M115：3 相近。該墓所出編鐘除在紋飾上保留一些地方特色外，在形制上已與中原諸夏十分接近。車馬器、工具一類器件則與當時華夏諸國所用基本相同。從以上器物可以看出中原以及齊魯等華夏文化對這一地區青銅文化所產生的影響。

春秋時期徐夷文化在全面、迅速地向華夏文化靠攏，如徐國嫁女與齊侯（見《左傳》僖公十七年「齊侯之夫人三：王姬、徐嬴、蔡姬」），與齊結為盟國就是其中的一個表現。而當時楚伐徐的冠冕堂皇的理由是，「徐即諸夏故也」（見《左傳》僖公十五年）。這批銅器無疑是這段歷史的絕好注腳。當然徐國作為兩周時期夷人勢力的代表，在吸收華夏文化的同時，它還保留了相當一部分夷人文化的特點。這一點在這批銅器中也有所表現。

2、東南夷越文化因素

與華夏風格形成鮮明對照的是，該墓還出有一批具有鮮明南方風格的器物。如 M3 所出之尊，腹部突起呈扁鼓狀，並飾有雙鈎變形獸面紋和細密的棘刺紋。武進淹城內城河〔註59〕、丹徒大港磨盤墩〔註60〕、上海松江鳳凰山、屯溪弈棋〔註61〕、紹興 306 號墓〔註62〕等處均出有此類尊。尊是中原商及西周早、

〔註54〕 煙臺市文物管理委員會：《山東長島王溝東周墓葬》，《考古學報》1993 年第 1 期。

〔註55〕 中國科學院考古研究所：《洛陽中州路》，科學出版社，1959 年。

〔註56〕 山東省文物考古研究所等：《曲阜魯國故城》，齊魯書社，1982 年。

〔註57〕 南京博物院等：《江蘇省邳州市九女墩二號墩發掘簡報》，《考古》1999 年第 11 期。

〔註58〕 洛陽博物館：《洛陽哀成叔墓清理簡報》，《文物》1981 年第 7 期。

〔註59〕 倪振逵：《淹城出土的銅器》，《文物》1959 年第 4 期。

〔註60〕 南京博物院等：《江蘇丹徒磨盤墩西周墓發掘簡報》，《文物》1984 年第 5 期。

〔註61〕 中國青銅器全集編輯委員會：《中國青銅器全集》第 11 卷，文物出版社，1997 年。

〔註62〕 浙江省文管會等：《紹興 306 號戰國墓發掘簡報》，《文物》1984 年第 1 期。

中期常見的器型，西周晚期消失，到春秋晚期，又在江淮一帶和江南出現。這類尊與中原的主要不同之處是腹部高度鼓出呈扁鼓狀。以往學者多認爲此類尊爲吳、越所特有，邳州九女墩出土的這件尊表明春秋時期徐國故地也鑄有此類尊，而且有跡象表明吳、越地區的這類尊有些本即徐器，如紹興306墓所出之尊，在器型、紋飾上與邳州九女墩所出之尊幾乎完全相同。有學者曾根據器型、紋飾、銘文、墓葬形制及地方志材料，指出紹興306墓屬徐文化體系〔註63〕。除尊之外，邳州九女墩三號墩出土的蟠螭耳湯鼎、無耳平底盆、獸首鼎均曾見於紹興306墓。（紹興306墓出有獸首鼎的獸首殘片）。這些均爲進一步探討紹興306墓的文化屬性，乃至徐與吳、越文化之間相互影響的關係提供了新的材料。

春秋晚期徐與吳通婚，《春秋‧昭公四年》：

「楚人執徐子。」

《左傳‧昭公四年》中解釋：

「徐子，吳出也，以爲二焉，故執諸申。」

《爾雅》：「男子謂姊妹之子爲出。」可見這位徐王乃吳王的外甥。有如此密切的關係，加上兩國地壤相接，自然也就不奇怪二者會在青銅文化上有眾多相似之處。M3出土的編鐘以及石磬、鼓槌等與丹徒北山頂墓所出極爲相近〔註64〕，另外，尊的頸及足部所飾的鋸齒紋、蟠蛇紋、連珠紋在北山頂所出鳩杖上亦有表現，風格極爲相近，這些都表明丹徒北山頂墓與徐有著某種內在聯繫。北山頂墓有吳墓、舒墓和徐墓三說〔註65〕，由M3出土的器物看來，應以徐墓說理由更爲充分。徐貴族葬於吳地，應與吳滅徐之後，部分徐人奔吳有關。

越地至今仍保留著許多與當年徐人有關的傳說和遺跡，《列仙傳》中也記載：

〔註63〕 曹錦炎：《紹興坡塘出土徐器銘文及其相關問題》，《文物》1984年第1期；林華東：《紹興306號「越墓」辨》，《考古與文物》1985年第1期。

〔註64〕 江蘇省丹徒考古隊：《江蘇丹徒北山頂春秋墓發掘報告》，《東南文化》1988年第3～4期合刊。

〔註65〕 張鐘雲：《淮河中下游春秋諸國青銅器研究》，載於北大考古系編：《考古學研究》（四），科學出版社，2000年10月。

「范蠡，字少伯，徐人也……」。

這反映出徐越之間有著密切的聯繫。出土具銘徐器的紹興306墓，無疑與徐人勢力入越有關。《國語》越語下記載：

「王命工以良金寫范蠡之狀而朝禮之……環會稽三百里者以為范蠡地。」

紹興306墓很可能與這段歷史背景有關。M3出土很多器物如湯鼎、盤、尊、獸首鼎等都與紹興306墓所出十分相像，這為紹興306墓屬徐文化體系說提供了有力的證據。

獸首鼎以前僅在舒城鳳凰嘴、五里、河口、桐城城關、懷寧楊家牌和廬江嶽廟出土過六件比較完整的，均在群舒故地〔註66〕，曾被認為是群舒所特有的器物，邳州所出獸首鼎與以上群舒所出十分相像。另外邳州九女墩三號墩出土的甬鐘、車飾件、方扣形帶具與舒城九里墩春秋墓所出相仿〔註67〕。這與《春秋》僖公三年「徐人取舒」的記載，以及多數學者認為徐、舒屬同一文化體系相符〔註68〕。

M3還出土一批與以往出土的具銘徐器十分相似的器物。如鎛鐘在形制、紋飾上與沇兒鎛、遱邡鎛相近，通體均飾有羽翅式獸體捲曲紋。鈕鐘則與儔兒鐘、遱邡鐘、臧孫鐘相仿，通體飾有交龍紋。盥盤與江西靖安所出徐王義楚盥盤風格相近〔註69〕，二者均為大口、廣腹、平底，腹部均飾有細密的蟠蛇紋。爐盤也與靖安所出徐令尹者旨𦅏爐盤相近，二者均採用支柱狀圈足以承盤體。所出湯鼎與紹興306墓出的徐𤲟尹𝑙湯鼎相似，均為小口、短直頸、扁球形腹、三蹄形足、環狀立耳作雙頭蟠螭曲體拱背之狀。這些典型徐器也從一個側面證實了九女墩大墓群為徐國貴族墓地。

3、北方戎狄文化因素

值得注意的是，這批銅器上還可見到草原青銅文化的因素。如罐形鼎蓋

〔註66〕 中國青銅器全集編輯委員會：《中國青銅器全集》第11卷，文物出版社，1997年。

〔註67〕 安徽省文物工作隊：《安徽舒城九里墩春秋墓》，《考古學報》1982年第2期。

〔註68〕 徐中舒：《薄姑、徐奄、淮夷、群舒考》，《四川大學學報》1998年第3期。

〔註69〕 江西省歷史博物館、靖安縣文化館：《江西靖安出土春秋徐國銅器》，《文物》1980年第8期。

上所鑄的四圈立雕虎、鹿形象，排成行列，有的還作回顧狀，以及在這些動物身上對皮毛所作的細緻的刻繪，還有提鏈壺上所飾的絡紋。（高崇文先生認為，「壺作成囊式並多飾以網絡紋，也應與狄人習與畜牧有關。這種畜牧生活宜於攜帶套著繩網的皮囊盛水，囊式銅提梁壺當即仿此而作」〔註70〕。）這些被看作是戎、狄青銅文化的典型裝飾風格，廣泛見於同時期的鄂爾多斯式青銅器，它們在徐國青銅器上的出現，反映出徐與戎、狄文化有著一定程度的聯繫，這與《尚書》等古籍中常將徐戎並舉的現象相符。如《尚書‧費誓》：

　　　徂茲將淮夷、徐戎並興。……我惟征徐戎。

4、徐器特有風格

當然徐人並非是機械地、被動地去模仿、接受外來的優秀文化，而是在自身夷人文化的基礎上創造性地融合外來文化。比如，甬鐘和鎛鐘上所飾的浮雕羽翅式獸體捲曲紋，源於中原西周編鐘上常見的對稱相背式卷龍紋，如克鐘和梁其鐘的鼓部〔註71〕。這種紋飾經徐人改造之後，飾於編鐘上極富藝術魅力，有一種強烈的律動感，彷彿是一串串躍動的音符會隨著鐘聲的響起而飄蕩在空中。春秋時期的徐國編鐘如儔兒鐘、鄬邚鐘等都飾有這種紋飾。再如，盤也與中原和吳、越的式樣不同，中原的盤有圈足和耳，吳、越的盤圈足和耳處於蛻化狀態，有的無圈足，只有象徵性的附耳，而邳州九女墩三號墩出土的盤無足、無耳、平底，在器形和紋飾上顯得更加簡潔、明快和典雅。

杖飾與丹徒北山頂、紹興漣渚中莊村所出鳩杖雖然外形上有所不同〔註72〕，但二者所表達的含義卻是相同的，都是生殖崇拜的產物，同時也是權力的象徵。長方形雙層盤狀器的器型非常獨特，迄今未見其它地方有出土類似器物的報導，其用途尚有待考證。

M3 所出的爐盤也是頗具地方特色的器物，該器的底座由二十餘個小支柱組成的圈足構成，這在青銅器中較為少見，無獨有偶，在江西靖安所出徐令尹

〔註70〕　高崇文：《兩周時期銅壺的形態學研究》，載於俞偉超《考古類型學的理論與實踐》，文物出版社，1989 年。

〔註71〕　馬承源、王子初（主編）：《中國音樂文物大系上海卷、江蘇卷》，大象出版社，1996 年。

〔註72〕　中國青銅器全集編輯委員會：《中國青銅器全集》第 11 卷，文物出版社，1997 年。

者旨瑚爐盤和浙江紹興 306 墓所出徐王之元子爐上也可看到這種支柱狀圈足的運用。可見這類爐盤在徐器中較爲流行。該器的出土使得失去底座的王子嬰次爐的復原成爲可能，並爲判斷王子嬰次爐的國別提供了可靠的依據。

從器物的組合情況來看，徐國貴族對中原所盛行的列鼎制度並不十分看重，M3 隻出土三件大小相次的列鼎，也沒有中原流行的與鼎相配的簋等盛食器。然而徐人對樂器卻有著濃厚的興趣，M3 和邳州九女墩二號墩都嚴格按照諸侯軒懸的禮制擺放編鐘和石磬，此二墓出土樂器數量之多、種類之全、製作之精，實爲同時期墓葬所罕見。這反映出徐人在接受華夏文化時，既有所改進，也有所偏好。

用徐器遳邟編鐘上的銘文「以夏以南」來概括徐國銅器的特點是再合適不過了〔註73〕，徐人不但在音樂上兼容並蓄雅音南韻，在青銅文化上也融華夏、吳越和戎狄青銅文化爲一爐，創造出了獨具一格、秀麗典雅的徐國青銅文化，成爲南系青銅文化之優秀代表〔註74〕。

〔註73〕 江蘇省丹徒考古隊：《江蘇丹徒北山頂春秋墓發掘報告》，《東南文化》1988 年第 3～4 期合刊。

〔註74〕 郭沫若：《兩周金文辭大係圖錄考釋序文》，科學出版社，1957 年。

拓片一　余子氽鼎

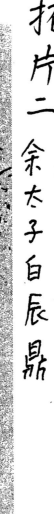

拓片二 余太子白辰鼎

拓片三　徐王糧鼎

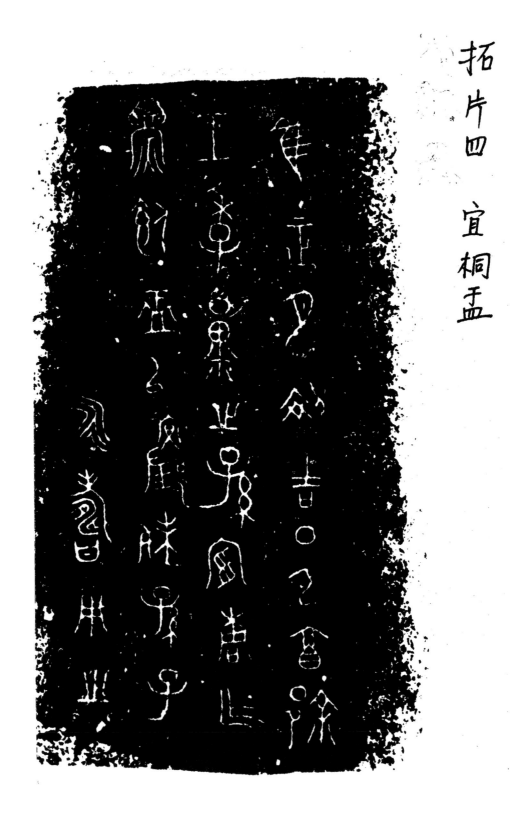

拓片四　宜桐盂

拓片五　庚兒鼎

拓片七　徐王子旃钟

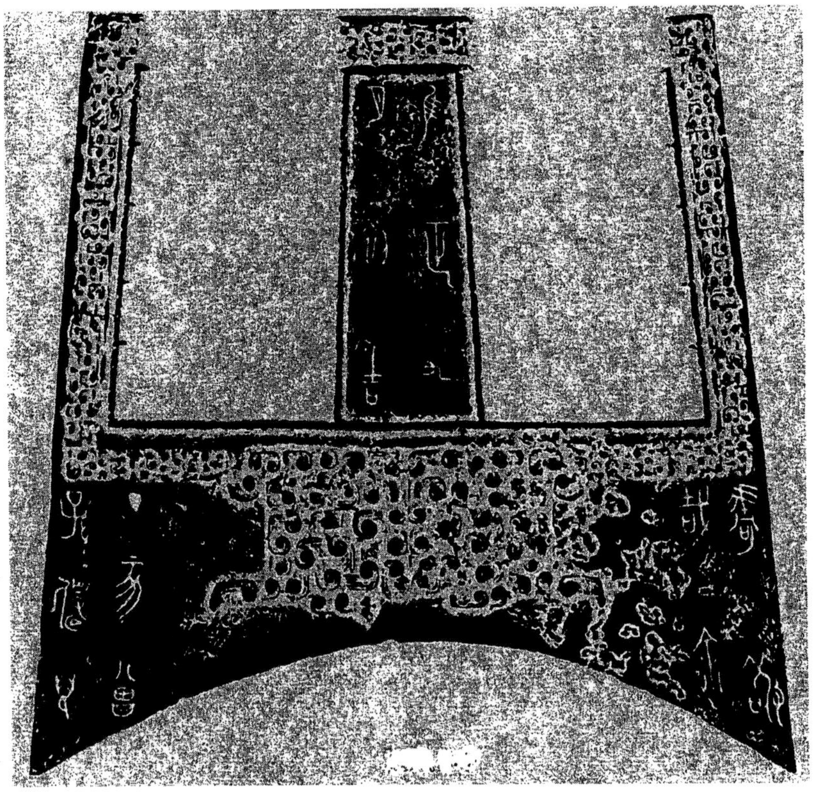

拓片八　俦儿钟之一

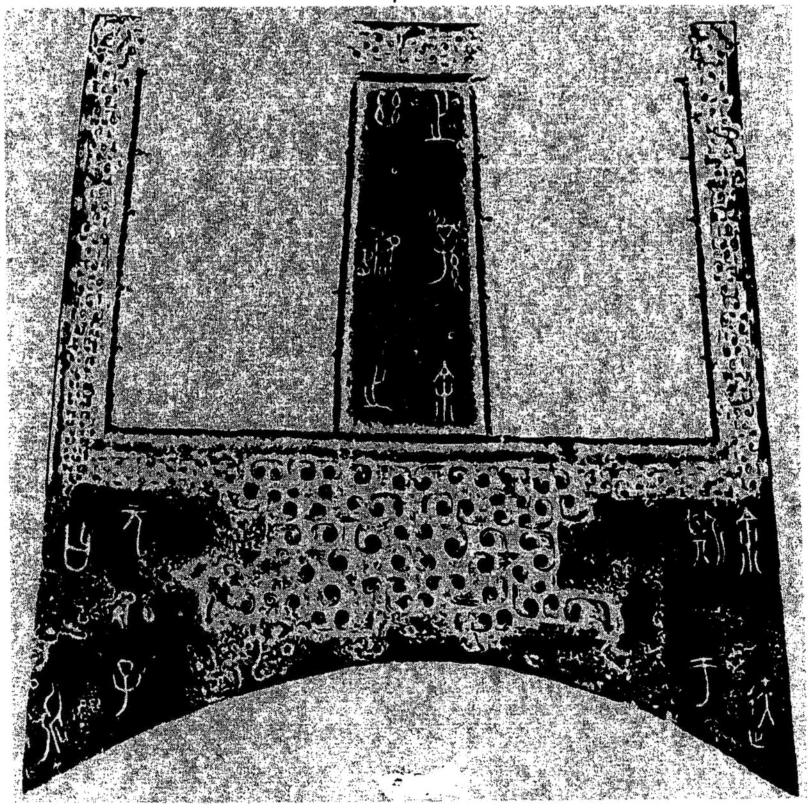

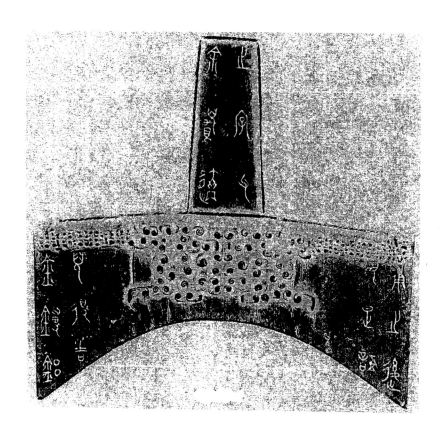

拓片八　侟儿钟之二

拓片八　傅兒鐘之三

拓片八　俦儿钟之四

拓片九 叡巢鎛

拓片十 郘片作鐘

拓片十一 王孫遺者鐘之二

拓片十一 王孫遺者鐘之二

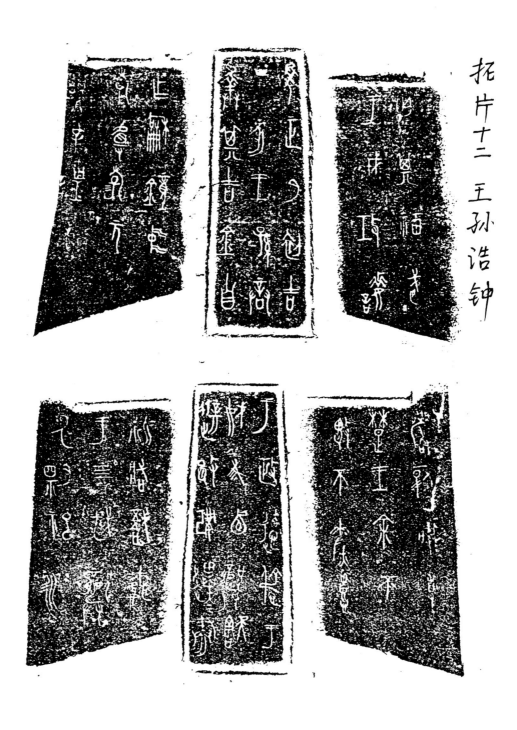

拓片十三　甚達邾鎛

拓片十四 甚六之妻鼎

拓片十五 次□缶蓋

拓片十六 徐賸尹鐈鼎

拓片十七　徐王元子爐

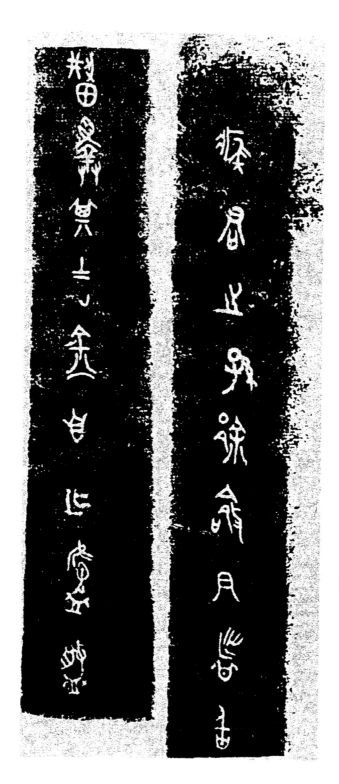

拓片十八　徐令尹者旨荊田炉盤

拓片十九 王子嬰次爐

拓片二十　徐王肖又觶

拓片二十一　徐王義楚盥盤

拓片二十二　徐王義楚觶

拓片二十三　義楚鍴

拓片二十四　徐王義楚劍

拓片二十五　徐王義楚之元子劍

拓片二十六　徐王矛

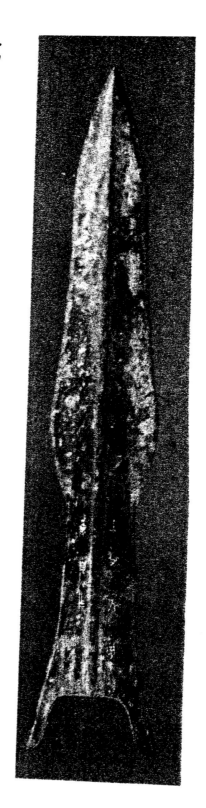

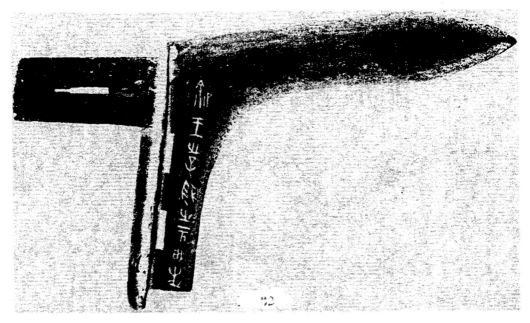

拓片二十七　徐王之子羽戈

拓片二十八　余王利攻劍

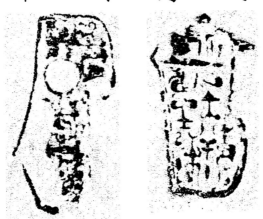

拓片二十九　　余王利邘劍

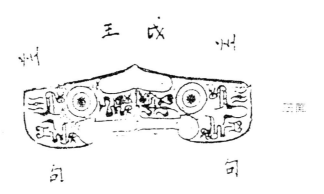

正面

句　　　　　　　句

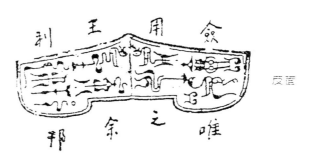

反面

唯　之　余　邘

拓片三十　徐王戈

拓片三十二　余冉鉦鋮之一

拓片三十二　余卲鉦鋮之二

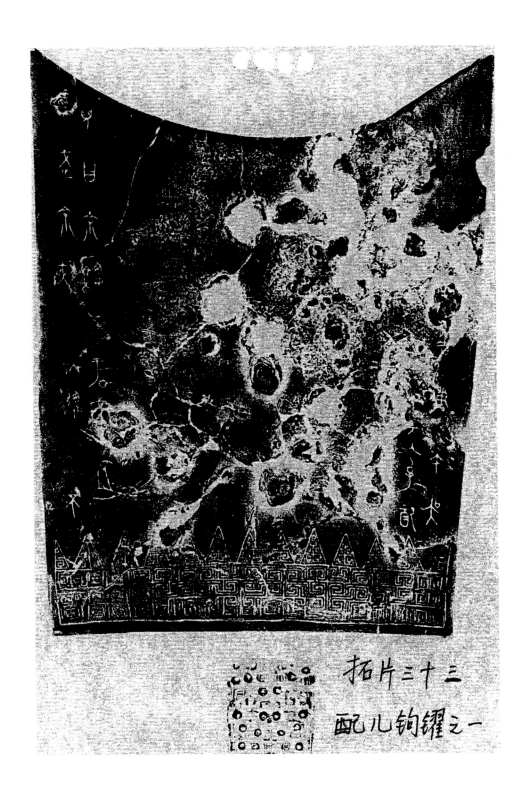

拓片三十三

配儿钩鑃之一

拓片三十三
配儿钩鑼之二

拓片三十四　姑馮昏同之子句鑵之一

拓片卅四 姑馮昏同之子句鑃之二

拓片三十五　其次句鑃之二

第四章　對徐國歷史和文化的初步認識

第一節　徐文化的淵源

（一）徐文化與大汶口文化、山東龍山文化及岳石文化的關係

蘇秉琦先生曾正確指出，「徐夷、淮夷在我國古代歷史上起過重要作用，如果把山東的西南一角、河南的東北一塊、安徽的淮北一塊與江蘇北部連接起來，這個地區出土的新石器時代遺存確有特色，這可能與徐夷、淮夷有關。……不能把黃河流域、長江流域的範圍擴大到淮河流域來，很可能在這個地區存在著一個或多個重要的原始文化」[註1]。

蘇魯豫皖接壤地區有很多大汶口文化、龍山文化遺址，它們的文化面貌儘管各自具有一些地方特點，但總體的文化面貌是一致的。這一具有相同或相近文化內涵的新石器遺址的分佈區域，與《禹貢》所說徐州的地理範圍基本一致，即「海岱及淮惟徐州」，而這也恰是徐國全盛時期的主要活動地域。由此，我們認爲徐人爲土著居民，而徐文化也是主要在當地土著文化的基礎上發展而來的。

例如，緊鄰邳州梁王城遺址的劉林文化遺存就與山東寧陽大汶口文化遺存有許多相同之處：1、兩處均有大人、小孩合葬墓的出現。2、人手旁多置有獸

〔註1〕　蘇秉琦：《略談我國沿海地區的新石器時代考古》，《文物》1978 年第 3 期。

牙勾形器，有的腹上和腿邊置有龜甲。3、都有大量的骨器，如骨錐、骨針、骨柶等隨葬，最特別的是骨梭與套在頭上的骨製約髮。4、都有相當數量的黑陶高柄杯、鏤孔豆和平底杯。5、都有紅陶鼎和在紅衣上施彩繪的罐形陶器。當然，二者之間由於地域的差別，也存在一些細微的差別。

1995 年夏，為配合南水北調工程，徐州博物館和邳州博物館對邳州梁王城遺址進行了發掘，這次發掘面積為 650 平方米，主要集中於遺址的西南部，在金鑾殿附近。遺址地層堆積情況複雜，最厚處達 6 米，共分 7 層，第 7，第 6 層為新石器時代遺存。

新石器時代文化遺存主要是大汶口文化遺存，共清理出灰坑 12 座，墓葬 10 座。灰坑呈圓形鍋底狀，墓葬多為長方形土坑豎穴墓。另有少量甕棺葬。均東西向。隨葬品多少不一，有單人葬，男女合葬和幼兒甕棺葬，均拔去上頜側門齒的現象，枕骨均有人工變形痕跡，有的以盆覆面。隨葬品有玉、石、骨、陶，其中陶器既有夾砂，又有泥質，更多見精巧的薄胎黑陶器。器形有盆、鼎、豆、罐、杯、鬶等。另外在遺址發掘中還清理出一批具有典型龍山文化的器物，如鳥首形足鼎，三足鼎等，但由於發掘面積有限，在探方中沒有發現完整的龍山文化地層。在這次發掘中還出土了幾件具有岳石文化特徵的器物，如蘑菇形紐蓋、弦紋豆、凸棱杯等〔註2〕。

嚴文明先生認為，「分佈於山東和江蘇北部的青蓮崗文化、大汶口文化及其後的龍山文化，都應當是遠古夷人的文化」。「岳石文化不是孤立的，它上承龍山文化，下啓商周東夷文化，三者組成一個獨具特色的文化體系。這只有在其居民的族系構成相對穩定的條件下才能辦到。前後比照，岳石文化非夷莫屬。而岳石文化中出現的許多地方類型則是夷人內部不同集團的反映，是諸夷或九夷的再現」〔註3〕。邳州梁王城遺址的發掘則為這一論斷提供了有力的證據，梁王城遺址內的新石器時代居民應為徐夷。

一個有趣的現象或可說明山東城子崖的龍山文化遺城可能與徐夷有關。據董作賓先生在《譚「譚」》〔註4〕一文中介紹，城子崖與龍山鎮附近也有武原水、

〔註2〕 盛儲彬、姚景洲：《梁王城遺址揭示出一批重要遺跡與遺物》，中國文物報，1996 年 8 月 4 日，第 1 版。

〔註3〕 嚴文明：《東夷文化的探索》，《文物》1989 年第 9 期。

〔註4〕 董作賓：《譚「譚」》，見劉夢溪主編《中國現代學術經典‧董作賓卷》，河北教育

武原城（或稱鵝鴨城）遺跡。現將原文摘錄如下：

「武原水今經流城子崖與龍山鎮之間……《水經注》濟水條述武原水云：

巨合水南出雞山西北……北至博亭城西，西北流至平陵城，與
武原水合。（按：自「巨合水」至「與武原水合」。這句話董先生原
文未引。今補上。）水出譚城南平澤中，世謂之武原淵（按：「淵」
一作「泉」）。北徑譚城東，俗謂之古城也。又北徑東平陵故城西。……
其水又北徑巨合城東，……其水合關盧水，西出注巨合水。

武原水自發源至巨合，經流不過數里之遙，而所經古城凡三：一，譚城，
二，東平陵，三，巨合城。今平陵、巨合城皆赫然在其北，則城子崖自非譚城
莫屬了。……所謂武原淵即武原發源處。……城子崖俗呼鵝鴨城，吾友吳禹銘
先生以為即武原城之音訛，其說甚可信。武原之音，龍山人呼之，近於鵝鴨。
惟以武原名此城，不見記載。或土人傳呼如此，猶之城子崖之不見記載。尚待
考證」。

邳州鵝鴨城遺址附近的居民，呼武原城其音亦近於鵝鴨城。我們認為可能
鵝鴨城之名在先，武原城為鵝鴨城之訛音。所不同的是城子崖的鵝鴨城與武原
城乃同一座城，而邳州鵝鴨城與武原城（梁王城）是鄰近的兩座城。

邳州九女墩大墓群附近也有武原水（見《邳志補》）、武原城（即梁王城）
和鵝鴨城遺址，而且出有大量龍山文化遺物的邳州大墩子、劉林新石器時代文
化遺址就在武原城（即梁王城）和鵝鴨城遺址附近。因而我們認為城子崖和邳
州九女墩大墓群附近都有武原水、武原城及鵝鴨城遺跡，這也許並非是一個偶
然現象，它很有可能揭示出早在新石器時代晚期徐夷就已生活在山東和蘇北一
帶，只是後來為夏商周等中原王原及齊魯吳楚等國所迫，地盤日漸縮小，在春
秋晚期只保有今徐邳一帶的部分地區。另外，城子崖附近的武原水、以及城子
崖被稱作武原城（俗呼鵝鴨城），又為本文上面所提出的徐人可能是以鵝（古名
舒雁）為圖騰的部族的說法增加了一個新的旁證。

（二）徐文化中的商文化因素

到了商代，徐州一帶的很多遺址與鄭州、安陽的商代遺址有不少共同之
處。1、有夯土地基，經過層層夯打，顯出夯窩。2、有完整的牛、豬骨架在

出版社，1996 年。

夯土地基附近。3、有大量的繩紋灰陶。4、有磨孔白貝和體形較大的圓柱形魚網墜。但徐淮地區的商代遺址也有自己的特點：1、蚌製工具相當多。2、用鹿角作鏃和雛形的戈。3、骨器製作較粗糙。4、銅器製作不夠發達。5、卜骨、卜甲加工粗糙。這些情況表明，徐人與商人之間有一定程度的聯繫。這一點可以商人「天命玄鳥，降而生商」的先祖誕生傳說，與徐偃王卵生的故事中得到印證。

曾昭燏、尹煥章先生認為，「徐淮地區這些商族文化遺址至少有一部分是殷商前期甚至是商族的先公時期的遺址。換句話說，就是在殷商前期甚至是在成湯建國以前，就有商族人居住在徐淮地區。他們在這地區一定是繼續住下去的，可能繼續到商王朝覆亡以後。由於這裏距商朝的王都較遠的緣故，所以即使到商代後期，住在這裏的人在生活上還保留原來的較簡單質樸的風尚，沒有完全染上安陽那種奢靡粉華的習俗（恐怕經濟情況也不允許這樣）。這些人無疑地和居住在大江南北的荊蠻族人間有接觸，他們較先進的文化影響了後者，所以湖熟文化中包含了許多商族文化的因素，例如，在陶器上，形制如瓿、罍、尊等，紋飾如雲雷紋、貝紋等，似乎都從商族人的銅器學來。而我們在長江北岸發現的湖熟文化遺址，愈往北，其陶器的形制、花紋同商代銅器近似的愈增多，也足以說明這點。反過來，湖熟文化也可能給商文化以某些影響，例如，商人製造幾何印紋硬陶的技術，就可能是通過湖熟文化傳過去的」〔註5〕。我們認為，徐夷在商文化與南方湖熟文化的交流方面起到了中介的作用。由於商族與徐族在族源上有一些聯繫，而且在地域上相鄰，因而在徐淮地區的一些商代遺址中包含有與商人類似的文化因素也就不奇怪了，不一定就是遷來此處的商人所遺留，完全有可能是土著的徐人自身創造的。

1995年夏發掘的邳州梁王城遺址，第5、第4層為商周時期堆積，其中開口於5層下灰坑有8座，作圓形平底狀，壁與底均經過處理。灰坑與第5層共清理出石、骨、陶器多件，有卜骨、骨鋤、石鉞、石斧、陶鬲、陶甗、小陶方鼎等。

邳州梁王城春秋遺址和九女墩大墓群的發掘材料所反映的文化面貌與當地

〔註5〕 嚴文明：《東夷文化的探索》，《文物》1989年第9期。

的新石器文化和商代文化是一脈相承的，比如基址均有夯打的痕跡，骨角器製作發達，墓主頭向多朝東，對玉石製品有著特殊的愛好等。

嚴文明先生指出，與山東本部的東夷大量接受商文化並與商王朝結成較密切關係的同時，南方的淮夷雖也受商文化的影響，但遠不如山東境內（膠東除外）表現得那樣深。比如江蘇銅山丘灣遺址，陶器中有素面鬲、細柄豆，大口罐等非商式器物，銅器中的高領弦紋鬲也很富地方特色，遺址中還有殺人殉狗祭社的場面，更是夷人特有的風俗〔註6〕。丘灣遺址在梁王城西邊僅三、四十公里，與梁王城商代遺址有較多相似之處，應大體反映出商代徐夷文化的特色。

梁王城附近豐富的大汶口和龍山文化遺址如劉林遺址、大墩子遺址，以及梁王城遺址出土一些具有典型岳石文化特徵的蘑菇形器蓋，凸棱杯、弦紋豆等，表明徐夷早在新石器時代就居住在徐淮地區了，且綿延不斷，一直延續到夏、商、周。

春秋時期徐國青銅器中仍保存較多的商文化因素，如句鑃、征城、觶、尊、獸首鼎等器物均源自於商，在春秋時期中原諸國已很少見，而在徐國卻仍在流行。

儘管徐文化的淵源可上溯到大汶口文化、山東龍山文化和岳石文化，但從現有的材料來看，徐文化真正從眾多夷人文化中脫穎而出、大放異彩卻是在春秋時期。

第二節　徐文化的特徵

我們認為徐文化是指，商周時期淮海一帶的徐人在當地夷人文化的基礎上，吸取華夏、蠻越、戎狄等文化的精華而產生的具有鮮明地域風格和時代特色的文化。徐文化的特徵主要表現在夷夏文化的交融上。

徐文化所覆蓋的範圍不僅包括今天的徐淮地區，還應包括群舒所居的安徽江淮地區及其它一些相鄰的地區，如河南東部，山東南部等。

徐文化的內涵主要有：建築基址為平地起建，多用紅燒土鋪墊，經夯打；墓葬一般為長方形豎穴土坑；墓主頭向多朝東；大型墓有高大的封土堆，有的封土經過層層夯打，有二層臺、有棺槨，並隨葬有青銅禮器、車馬器、兵器、

〔註6〕　曾昭燏、尹煥章：《江蘇古代歷史上的兩個問題》，《江海學刊》1961年第12期。

編鐘、編磬、骨角器、玉器等；隨葬的銅器，如鼎、豆、壺、盤、缶等，其形制、紋飾、大小基本一致；陶器組合以鬲、盆、豆、罐爲常見；用人陪葬的風氣較爲流行。

春秋時期的銅器常見獸首鼎，口沿處有獸首形狀，鼎兩側有附耳，鼓腹下垂。三蹄形足盉在群舒故地出土較多，一般上部爲盤口或鉢口，下部爲鬲形，腹部有管狀流和內卷的鋬。平蓋鼎蓋上有環形紐，有的加銅鼎扃。

春秋時期徐國銅器的紋飾也較有特點，如徐國編鐘上大多飾有浮雕羽翅式獸體捲曲紋，這種紋飾有一種強烈的律動感。徐國青銅盤上常見蟠蛇紋、繩紋與三角紋這三種紋飾的組合，蟠蛇紋已圖案化、模式化，應是受印紋陶模製花紋做法的影響。鋸齒紋、蟠蛇紋與連珠紋的組合在徐國青銅尊上常見。龍首紋多飾於鼎上。

陶器中鬲較有地方特色，鬲身多飾繩紋，有部分折肩、三足內聚，襠較高，足尖較細，被稱爲「淮式鬲」。

但總的說來，大部分徐器的器型和花紋，或見於中原地區的商、周文化同類器物，或與中原地區商、周文化同類器物有某些共同點。某些具有徐夷地方性文化特徵的器物，如銅器中的獸首鼎、無耳無肩盤、曲鋬盉、折肩鬲、陶器中的「淮式鬲」，也多是商、周式器物的變體。然而，徐人並非是被動地吸收商、周文化，而是進行了主動的改造，在很多方面甚至達到了青出於藍而勝於藍的地步，這突出地表現在徐人對樂器（主要是編鐘和石磬）的改進上。

李白鳳先生在《東夷雜考》〔註7〕中指出，「徐夷似乎在音樂方面有著特殊的愛好，僅從出土的樂器來看，徐夷在樂器製作方面是起著革新作用的」。的確，徐人所製作的青銅編鐘及石磬，在春秋時代享有盛名，爲各國權貴所仰慕，不僅在九女墩徐國王族大墓中有大量出土，在其它地方也有出土。傳世的青銅樂器中，著名的《沇兒鎛》、《儔兒鐘》、《徐𥂴尹征城》等，均爲當時徐人的傑作。

從外觀上看，徐器皆泛銀灰色，且銹蝕甚微。另外，徐器的造型較之吳器，更加秀麗精美；花紋裝飾較之吳器，也更加繁縟流暢。可以認爲，徐國的青銅冶鑄工藝水平略勝於吳國。

曹淑琴、殷瑋璋先生認爲，甬鐘最早是中原地區首先使用，但西周中期開

〔註7〕 李白鳳《東夷雜考》，齊魯書社，1981年。

始的那種被大家公認爲甬鐘的樂鐘，卻並非與中原型鐘一致，也與湘型鐘不同，而與徐國甬鐘爲代表的江浙型鐘一脈相承。中原型鐘由於體積過小，音量太低，湘型鐘由於體積過大、音量過高而都被淘汰。唯獨體積、音量適中的江浙型鐘爲後世所沿用〔註8〕。

徐國編鐘不但體積、音量適中，其造型也很優美，紋飾流暢清晰，而且大都經過仔細地調音銼磨，音質標準。徐國編鐘類齊備，有鎛鐘，鈕鐘和甬鐘。

徐人對音樂的愛好不只表現在編鐘上，還表現在其它樂器上。如《尙書·禹貢》中列舉徐州貢物時，特別提出「嶧陽孤桐，泗濱浮磬」。嶧山即今邳州巨山，孤桐乃是用來製作琴瑟的。琴瑟易朽，不宜留存，故墓中較少發現，這裏暫且不論。《太平寰宇記》說磬石山在下邳縣西南四十里，也有人認爲在今邳州境內。從九女墩幾座大墓來看，有三座墓出有編磬，鵝鴨城遺址出有四枚磬坯，丹徒北山頂春秋墓也出有十二枚編磬。這些都表明徐人特別喜愛石磬。徐人不僅擁有磬石產地，還具備高超的製磬工藝。徐國石磬較之中原石磬不但造型更加修長優美，而且音色也更加清越悠揚，堪稱當時一絕。石磬這一樂器最初或爲中原商人、周人所創，但卻由徐人將這一古老樂器進一步發揚光大，使之得到了更爲廣泛的傳播和推廣。

第三節　徐與南方古代民族關係初探

徐從商初立國，到春秋末期滅亡，成文史達一千餘年之久。如果加上立國前的成長時期，則有更長久的歷史。它不僅在開發徐淮地區乃至江淮一帶起過重要作用，爲這一區域在戰國乃至漢代的繁榮奠定了基礎，而且對南方地區群舒、吳越、楚、巴，以至嶺南地區民族文化以巨大而深遠的影響。它在中華民族形成過程中及其文化發展史上佔有不可忽略的地位。

一、徐與群舒之關係

關於徐與分佈於江淮流域之間的群舒的關係問題，學術界長期以來一直存在著兩種截然不同的觀點。一種觀點認爲徐、舒爲同一族源，均爲嬴姓（舒的

〔註8〕　曹淑琴、殷瑋璋：《早期甬鐘的區、系、型研究》，見蘇秉琦主編《考古學文化論集二》，文物出版社，1989年。

偃姓與徐的嬴姓音近相通），文化面貌上較爲接近，應屬同一文化體系。另一種觀點認爲徐、舒族源不同（舒的偃姓與徐的嬴姓在古音中相差較遠，不可相通），文化面貌上也差別較大，應屬於不同的文化體系。

持徐舒同源說的具有代表性的主要有以下幾家：

徐中舒先生在《薄姑、徐奄、淮夷、群舒考》〔註9〕一文中指出，「春秋淮南之地有群舒之國：曰舒、曰舒黎（或曰黎）、曰舒庸、曰舒鳩、曰英、曰六、曰宗、曰巢，皆徐之別封也。以文字言之，舒爲徐之訛字，其證有四。……《三體石經》余古文作舍，余、舍同字，舍、余同字，故郤郐同字。證一。……《春秋》昭十二年『楚子伐徐』，《史記・諸侯年表》作楚伐舒，又昭三十年『吳滅徐』，《史記・吳世家》謂闔閭三年拔舒，又《左傳》哀十四年『陳恒執公於舒州』，《史記・陳世家》舒作徐，舒徐通用。證三。……以地理言之，徐與舒壤地相接，又同爲從齊、魯南遷之民族。……故由文字、地理及南遷之跡觀之，群舒爲徐之支子餘胤之別封者，不待言也」。

徐旭生先生在《中國古史的傳說時代》〔註10〕一書中認爲，「『徐』『舒』二字，古不只同音，實即一字。群舒就是說群徐。別部離開它們的宗邦，還帶著舊日的名字：住在蓼地的就叫作舒蓼，也就是徐蓼；住在庸地的就叫作舒庸，也就是徐庸。這一群帶著舒名的小部落全是從徐方分出來的支部。離開宗邦的時候稍久，所用的字體也許小有不同，由於不同的字體記出，群徐也就變成了群舒。這些部落也各有君長，但全奉徐爲上國，大約沒有疑義」。

顧孟武先生在《有關淮夷的幾個問題》〔註11〕一文中，對徐、舒的關係問題作了深入的探討，他認爲，「最初還是徐從舒出，皋陶偃姓，而群舒爲偃姓國，自爲嫡支。少昊集團中偃、嬴之別，即爲區分『嫡』『庶』而起……徐之社會發展程度既然高於群舒……它當然不希望在自己的國名上再有什麼鳥圖騰的殘跡，而力圖加深徐與群舒的鴻溝了」。

王迅先生在《東夷文化與淮夷文化研究》〔註12〕一書中，認爲「徐國銅器

〔註9〕　徐中舒：《薄姑、徐奄、淮夷、群舒考》，《四川大學學報》1998 年第 3 期。

〔註10〕　徐旭生：《中國古史的傳說時代》，文物出版社，1985 年。

〔註11〕　顧孟武《有關淮夷的幾個問題》，《中國史研究》1986 年第 3 期。

〔註12〕　王迅：《東夷文化與淮夷文化研究》，北京大學出版社，1994 年。

與群舒故地出土的銅器，在器形、花紋等方面，也存在著共同特徵……徐夷在西周、春秋時期使用的文化主要是淮夷文化」。

持徐舒異源說的具有代表性的主要有以下幾家：

持徐舒異源說者大多引用王力先生在《同源字論》〔註13〕一文中的一個觀點，原文是這樣的，「至於憑今音來定雙聲疊韻，因而定出同源字，例如以『偃』『嬴』為同源，不知『偃』字古屬喉音影母，『嬴』字古屬舌音喻母，聲母相差很遠；『偃』字古屬元部，『嬴』字古屬古屬耕部，韻部也距離很遠，那就更錯誤了」。

曹錦炎先生在《邐邟編鐘銘文釋議》〔註14〕一文中指出，「徐、舒同字，然《左傳》僖公三年經明言『徐人取舒』，顯為兩國無疑，現在出土了舒國銅器，舒字作舍，而徐國之徐金文作邾，從古文字角度也證實了兩字之不同。羅泌《路史》以徐、舒、江、黃俱屬嬴姓，其說不確。據《世本》及《通志·氏族略》等書載，舒為偃姓，皋陶之後，並非嬴姓。或以嬴、偃二姓音近可通，王力先生的《漢語史稿》駁之甚詳……」。

張鐘雲先生在《徐與舒關係略論》〔註15〕一文中通過對徐舒青銅器進行比較之後指出，「從青銅器來看，徐舒同源的論斷也難以找到足夠的證據」。他認為，從器物組合上看，「徐國青銅器發現有大量的樂器和劍等兵器，而群舒青銅器中還沒有發現樂器，兵器也極少」。從裝飾手法上看，「群舒裝飾簡單，多素面或簡單的寬帶狀組合紋，而徐器即使是春秋早、中期，紋飾也厚重、規整，花紋繁縟」。

雙方觀點，似乎都很有道理，那麼徐舒關係究竟是怎樣的呢？還是讓我們先避開一下族源、姓氏以及古文字、古音韻等剪不斷、理還亂的老問題，從一些最近出土的相關考古材料出發去客觀地分析一下二者之間的關係。

由於有關徐舒的考古材料均比較零碎，現在對其進行全面、系統的類型學比較研究，時機還不成熟。這裏我們只就二者中較有代表性的文化因素略作比較。

〔註13〕　王：《同源字論》，見王力《同源字典》，商務印書館，1982年。

〔註14〕　曹錦炎：《邐邟編鐘銘文釋議》，《文物》1989年第4期。

〔註15〕　張鐘雲：《徐與舒關係略論》，《南方文物》，2000年第3期。

從青銅器的形制上看，徐舒共有一些具有地方特色的器物（圖一）。比如：

獸首鼎原來曾一直被認爲是群舒最具地方特色的器物，以前在舒城鳳凰嘴、五里、河口、桐城城關、懷寧楊家牌和廬江嶽廟出土過六件比較完整的，均在群舒故地。如今，邳州九女墩三號墩徐國王族大墓也出土了獸首鼎（圖二），並且與以上群舒所出十分相像，同時出有具銘徐器的紹興306墓也出有一件獸首鼎殘器，這表明獸首鼎已不再只是群舒所獨有的器物，它同時也是徐國的標誌性器物。

邳州九女墩三號墩出土的甬鐘、車飾件、方扣形帶具也與舒城九里墩春秋墓所出同類器物相仿。

由於邳州九女墩三號墩出土很多器物如湯鼎、盤、尊、獸首鼎等都與紹興306墓所出十分相像，這爲紹興306墓屬徐文化體系說提供了有力的證據。因而紹興306墓所出湯鼎、甗形盉、小銅壺等都應爲徐器，而它們均與群舒所出同類器物十分接近。

群舒所出的曲蓋盉在邳州劉林新石器時代文化遺址所出陶器（圖三）中也可找到其原型（見《江蘇省出土文物選集》〔註16〕圖40）。群舒所出的尖足折肩鬲在邳州九女墩三號墩亦有陶質尖足折肩鬲的出土。群舒所出的幾何印紋硬陶罐在邳州九女墩二號墩、三號墩中亦有出土。

從器物的組合方式上看，楚國銅器組合中常見的升鼎、簠、鍴等器物在徐舒銅器中均未曾出現，吳越銅器組合中常見的簋、甗等器物在徐舒銅器中也較少出現，而徐舒特有器物獸首鼎在楚、吳、越銅器中也未曾出現。

從銘文風格上看，舒城九里墩器座銘文〔註17〕風格與典型的徐器銘文風格接近，都是纖細秀頎，疏朗飄逸的風格。

從紋飾上看，舒城九里墩甬鐘和器座上均飾有徐器上常見的羽翅式獸體捲曲紋。

從墓葬形制上看，邳州九女墩幾座徐國王族大墓均爲長方形土坑豎穴墓，上面原均有高大的封土堆，墓向基本朝東或朝東偏南。從群舒兩座保存較好的墓葬看，舒城九里墩亦爲長方形土坑豎穴墓，上面原有高約十米的封土堆，墓

〔註16〕 南京博物院等：《江蘇省出土文物選集》，文物出版社，1963年。

〔註17〕 安徽省文物工作隊：《安徽舒城九里墩春秋墓》，《考古學報》1982年第2期。

向 120 度。舒城河口春秋墓亦爲長方形土坑豎穴墓，上面原有高約二米的封土堆，墓向 78 度。在墓葬形制上，徐舒十分接近，徐舒與楚、吳、越之間有著較明顯的區別，據張勝琳、張正明先生的研究〔註 18〕，楚國土著即楚蠻的頭向絕大多數朝南。吳越貴族墓葬雖然頭向也多朝東，但其墓葬多爲平地起堆或僅有淺穴的土墩墓，與徐舒流行的帶高大封土堆的土坑豎穴墓有一定的區別。

再從墓地名稱上看，邳州稱九女墩，舒城稱九里墩，這恐怕也反映出兩者在文化上有著某種共同之處。

從圖騰崇拜上看，群舒的名稱上還保存著鳥圖騰崇拜的遺跡（如舒鳩），而徐人則以舒雁（鵝）爲圖騰（論證詳見本文第一章）。

從古史傳說上看，偃姓的始祖皋陶與嬴姓始祖伯翳有極密切的關係。如《說文解字》十二篇下，女部：「嬴，帝少暭之姓也」。段注云：「按秦、徐、江、黃、郯、莒皆嬴姓也。嬴地理志作盈，又按伯翳嬴姓，其子皋陶偃姓」。在《通志・氏族略二》中皋陶又成了伯益的父親。「徐氏，子爵，嬴姓，皋陶之後也。皋陶生伯益，伯益佐禹有功，封其子若木於徐……子孫以國爲氏」。

從以上分析不難看出徐、舒之間在文化上有著極爲密切的關係，二者之間無疑存在著一定的淵源關係。那麼是否可以說徐就是舒，舒就是徐了呢？我們認爲也不盡然，二者之間雖有許多共同之處，但同時也存在一些細微的差異，比如張鐘雲先生上面所指出的二者在紋飾、器物類型上存在的區別。造成這種差異的原因一方面是由於目前對徐、舒的考古發掘還不夠系統，人們對二者的文化面貌認識可能還不夠全面；另一面則是由於儘管徐、舒存在著一定的淵源關係，但徐與群舒畢竟還不是眞正意義上的同一個國家，而只是一個鬆散的部族聯盟，在徐勢力強盛時，徐是群舒的宗主國，在徐勢力衰落時，群舒就各自爲政，分開的時間久了，文化上自然也就會出現差異。

讓我們再回過頭來對前面學者們關於徐、舒關係所作的討論進行簡要評價。從以上的分析不難看出，我們是贊成「徐舒同源」說的，尤其是徐中舒先生所說的，「以文字言之，舒爲徐之訛字」，以及「由文字、地理及南遷之跡觀之，群舒爲徐之支子餘胤之別封者」，應是站得住腳的，既有文獻學上的依據，

〔註18〕　張勝琳、張正明：《上古墓葬頭向與民族關係》，見武漢大學學報編輯部：《湖北省考古學會論文選集（一）》，武漢大學學報編輯部出版，1987 年 7 月。

也有考古學材料的支持。至於持「徐舒異源」說的一些學者所提出的嬴、偃古音不通的問題，我們認為，古音存在著地域、方言、族群及時間等方面的差異，僅據中原華夏人的古籍來復原夷人姓氏的古音是不夠客觀的，再去以所謂「嬴、偃古音不通」為依據去認定徐舒異源就更失之偏頗了。徐、舒地壤相接，文化面貌十分接近，且均有鳥圖騰崇拜的遺跡，謂其異源，難以服人。

二、徐與吳越之關係

蒙文通先生在《越史叢考》的結語中指出，「徐戎久居淮域，地接中原，早通諸夏，漸習華風……徐衰而吳、越代興，吳、越之霸業即徐戎之霸業，吳、越之版圖亦徐戎之舊壤，自淮域至於東南百越之地，皆以此徐越甌閩之族篳路藍縷，胥漸開闢……」。〔註19〕蒙文通先生的這一論斷值得重視，它正為越來越多的考古發現所證實。

曹錦炎先生在《紹興坡塘出土徐器銘文及其相關問題》一文中通過對紹興306墓所出銅器進行分析，認為該墓與徐人勢力進入浙江有關。他在《春秋初期越為徐地說新證》〔註20〕和《越王姓氏新考》〔註21〕中，結合考古、文獻、方志等多方面材料，證實郭沫若先生關於「春秋初年之江浙，殆尤徐土」的推論，還證實了越王室與徐國的（者旨）諸暨氏有關。

徐國青銅器有湯鼎、尊、龍首盉、缶等吳越同期墓葬常出器物，如江蘇邳州九女墩三號墩徐國貴族墓出土銅器中有一批具有鮮明南方風格的器物。如 M3 所出之尊，腹部突起呈扁鼓狀，並飾有雙鈎變形獸面紋和細密的棘刺紋。武進淹城內城河、丹徒大港磨盤墩、上海松江鳳凰山、屯溪弈棋、紹興306號墓等處均出有此類尊。尊是中原商及西周早、中期常見的器型，西周晚期消失，到春秋晚期，又在江淮一帶和江南出現。這類尊與中原的主要不同之處是腹部高度鼓出呈扁鼓狀。以往學者多認為此類尊為吳、越所特有，邳州九女墩出土的這件尊表明春秋時期徐國故地也鑄有此類尊，而且有跡象表明吳、越地區的這類尊有些本即徐器，如紹興306墓所出之尊，在器型、紋飾上與邳州九女墩所出之尊幾乎完全相同。有學者曾根據器型、紋飾、銘文、

〔註19〕 蒙文通：《古族甄微》，巴蜀書社，1993年。

〔註20〕 曹錦炎：《春秋初期越為徐地說新證》，《浙江學刊》1987年第1期

〔註21〕 曹錦炎：《越王姓氏新考》，見《中華文史論叢》1983年第3輯，中華書局。

墓葬形制及地方志材料，指出紹興 306 墓屬徐文化體系。除尊之外，邳州九女墩三號墩出土的蟠螭耳湯鼎、無耳平底盆、獸首鼎均曾見於紹興 306 墓。（紹興 306 墓出有獸首鼎的獸首殘片）。這些均爲進一步探討紹興 306 墓的文化屬性，乃至徐與吳、越文化之間相互影響的關係提供了新的材料。

春秋晚期徐與吳通婚，《春秋·昭公四年》：

「楚人執徐子。」

《左傳·昭公四年》中解釋：

「徐子，吳出也，以爲二焉，故執諸申。」

《爾雅》：「男子謂姊妹之子爲出。」可見這位徐王乃吳王的外甥。有如此密切的關係，加上兩國地壤相接，自然也就不奇怪二者會在青銅文化上有眾多相似之處。M3 出土的編鐘以及石磬、鼓槌等與丹徒北山頂墓所出極爲相近，另外，尊的頸及足部所飾的鋸齒紋、蟠蛇紋、連珠紋在北山頂所出鳩杖上亦有表現，風格極爲相近，這些都表明丹徒北山頂墓與徐有著某種內在聯繫。北山頂墓有吳墓、舒墓和徐墓三說，由 M3 出土的器物看來，應以徐墓說理由更爲充分。徐貴族葬於吳地，應與吳滅徐之後，部分徐人奔吳有關。

徐州市博物館、邳州市博物館等在 1997 年對九女墩六號墩進行了發掘，出土了🐛鋅具銘銅器殘片。《考古》2003 年第 9 期的《江蘇邳州市九女墩春秋墓發掘簡報》上發表了該器銘文拓片，銘文釋爲：

「自作鑄工□王之孫」。

我們認爲應釋讀爲：

「工鄦王之孫□□□□……作🐛鋅」。

銘文中的「🐛」與《者減鐘》「工鄦王」的「鄦」字寫法一致。「🐛」與《白百父鋅》的「鋅」字形相近，該字形上半部與金文中「鑄」字有明顯區別，且如釋爲「鑄」字則該銘文就無法讀通。

從銅器殘片的形狀看，該器爲小口、矮直頸，鼓腹，器形應爲徐舒吳越地區常見的提梁盉，該器形制、紋飾應與紹興 306 號墓所出提梁盉相似。

🐛鋅的出土，進一步證明提梁盉這類器物的自銘爲「鋅」，鋅爲盉形水器，多用作媵器，如陝西長安縣張家坡出土的白百父鋅，蓋內銘文爲「白百父作

孟姬媵🜚」。🜚鑑出土於徐國貴族墓地，應與徐吳聯姻有關。從銘文可知，該器是吳國貴族爲🜚所鑄的媵器。🜚很可能就是嫁至徐國的吳國貴族女子。這與史書記載相符，如《左傳·昭公四年》有：「徐子，吳出也，以爲二焉，故執諸申」。據《爾雅》：「男子謂姊妹之子爲出」。可見昭公四年時徐王的母親是吳國貴族女子。而九女墩六號墩應爲這位吳國貴族女子和她的夫君徐王的合葬墓。

🜚從紋飾風格和字體特點上分析，🜚鑑的製作時代應與出土於九女墩二號墩的郘𪾢巢鐘相近，出土地點也相鄰近，🜚鑑並沒有在「工盧王」上出現漏字或急讀減音而省稱爲「攻王」的現象，這也從另外一個側面證實了郘𪾢巢鐘銘文中的「攻王」並非指吳王。

越地至今仍保留著許多與當年徐人有關的傳說和遺跡，《列仙傳》中也記載：

> 「范蠡，字少伯，徐人也……」。

這反映出徐越之間有著密切的聯繫。出土具銘徐器的紹興 306 墓，無疑與徐人勢力入越有關。《國語》越語下記載：

> 「王命工以良金寫范蠡之狀而朝禮之……環會稽三百里者以爲范蠡地。」

紹興 306 墓很可能與這段歷史背景有關。M3 出土很多器物如湯鼎、盤、尊、獸首鼎等都與紹興 306 墓所出十分相像，這爲紹興 306 墓屬徐文化體系說提供了有力的證據。

獸首鼎以前僅在舒城鳳凰嘴、五里、河口、桐城城關、懷寧楊家牌和廬江嶽廟出土過六件比較完整的，均在群舒故地，曾被認爲是群舒所特有的器物，邳州所出獸首鼎與以上群舒所出十分相像。另外邳州九女墩三號墩出土的甬鐘、車飾件、方扣形帶具與舒城九里墩春秋墓所出相仿。這與《春秋》僖公三年「徐人取舒」的記載，以及多數學者認爲徐、舒屬同一文化體系相符。

M3 還出土一批與以往出土的具銘徐器十分相似的器物。如鎛鐘在形制、紋飾上與沇兒鎛、𨡚邜鎛相近，通體均飾有羽翅式獸體捲曲紋。鈕鐘則與儔兒鐘、𨡚邜鐘、臧孫鐘相仿，通體飾有交龍紋。盥盤與江西靖安所出徐王義楚盥盤風格相近，二者均爲大口、廣腹、平底，腹部均飾有細密的蟠蛇紋。爐盤也

與靖安所出徐令尹者旨𦉬爐盤相近，二者均採用支柱狀圈足以承盤體。所出湯鼎與紹興 306 墓出的徐𧷽尹𦥑湯鼎相似，均為小口、短直頸、扁球形腹、三蹄形足、環狀立耳作雙頭蟠螭曲體拱背之狀。

三、徐與巴之關係

　　楊銘先生的《巴人源出東夷考》（歷史研究 1999 年 6 期）、《徐人王巴考》（先秦史及巴蜀文化論文集，歷史教學社，天津，1995）、《徐人西遷與重慶塗山的由來》（《西南師範大學學報，1998 年 5 期》）等文章從民族學、歷史學的角度對巴徐之關係進行了系統、深入的討論，可是這些觀點至今未能引起學術界足夠的重視。本文擬從青銅器的角度對徐與巴的關係進行初步的分析和比較。主要探討巴國青銅器中包含的徐文化因素（圖四）。

　　從樂器上看，涪陵小田溪出土的銅鉦（四川省博物館等：《四川涪陵地區小田溪戰國土坑墓清理簡報》，《文物》1974 年 5 期）（M1：24、M2：25、）、錞于（M2：20）、編鐘（M1：79-92）均與典型的徐國青銅器相似，如銅鉦，目前據鉦上銘文可確認其國別的只有以下兩件：

　　1、徐𦤶尹征城
　　時代：春秋晚期
　　出土：江西高安
　　現藏：上海博物館
　　圖像：《中國音樂文物大系上海卷、江蘇卷》，頁 101
　　拓片：《殷周金文集成》425
　　銘文：

　　　　正月初吉，日在庚，徐𦤶尹者故𠦪自作征城，次者升𥛱，徹至劍兵，枼萬子孫，眉壽無疆。

　　2、余冉鉦鍼
　　時代：春秋晚期
　　出土：不詳
　　現藏：旅順博物館
　　圖像：《殷周青銅器通論》圖版壹五零

拓片：《殷周金文集成》428

銘文：

> 唯正月初吉丁亥，□□□之子□□□吉金，自作鉦鋮，以□□其□□□□大□□□□□，其陰其陽，□□盂，余以行台師，余以政台徒，余以□台□，余以伐。徐**童**子孫余再鑄此鉦鋮，女勿喪勿敗，余**處此南疆，萬枼**之外，子子孫孫，僵作以□□。

巴國故地出有大量銅鉦，應與徐人有關。

再看錞于，這種樂器最早為山東一帶東夷人所用，後漸隨夷人的南遷而多見於吳越地區，戰國時期常見於巴蜀一帶，1984 年 5 月，在江蘇丹徒北山頂春秋墓（《江蘇丹徒北山頂春秋墓發掘報告》，《東南文化》1988 年第 3～4 期合刊。），出土徐國銅器甚多，重要的有邋邚鐘七枚、邋邚鎛五枚、錞于三件、丁寧一件等。邋邚鎛銘文：

> 邋邚鐘、唯王正月初吉丁亥，舍王之孫，**拥**楚欵之子邋邚，擇其吉金，作鑄龢鐘，以享以孝於我先祖，余鑄鏐是擇，允唯吉金，作鑄龢鐘，我以夏以南，中鳴媞好，我以樂我心，也也巳巳，子子孫孫，羕保用之。

舍即徐。綜合故該墓所出器物的總體情況我們認為丹徒北山頂春秋墓應為徐人墓葬。因而可以認為徐國有錞于這種青銅樂器。

巴國故地出土的大量錞于，似也應與徐人有關。

至於涪陵小田溪出土的編鐘更與徐國所出眾多編鐘（如江蘇邳州九女墩三號墓、二號墓所出）相似。

涪陵小田溪出土的提梁壺與邳州九女墩三號墓所出的形制相似，只是在腹部的紋飾上有所不同。

從裝飾風格上看，二者都喜歡用虎紋。邳州九女墩三號墓出的罐形鼎，鼎足、鼎耳和鼎蓋上均有虎形雕塑進行裝飾。與巴地所出的虎紐錞于如出一轍。

從涪陵小田溪新出的鳥獸尊應表現出巴人鳥圖騰崇拜，或有魚鳧有關，該鳥獸尊表現出鳥獸合體的特點。這與徐人祖先誕生的傳說相符。

《博物志‧異聞》引《徐偃王志》：

> 徐君宮人娠而生卵，以爲不祥，棄之水濱。獨孤母有犬名鵠蒼，
> 獵於水濱，得所棄卵，銜以東歸。獨孤母以爲異，覆暖之，遂孵成
> 兒。生時正偃，故以爲名。徐君宮中聞之，乃更錄取。長而仁智，
> 襲君徐國，後鵠蒼臨死生角而九尾，實黃龍也。偃王又葬之徐界中，
> 今見有狗壟。

此傳說與東夷許多部落及商和東北一些民族祖先誕生的傳說相似，不同之處在於此卵被棄之水濱，而後又被一犬從水濱銜回，鵝鴨產卵一般在水濱，此亦似可印證徐族圖騰爲鵝、鴨之類的水禽。

在江蘇邳州九女墩幾座徐國王族大墓群的南邊有座春秋時期的鵝鴨城遺址，當地百姓傳說此城是由鎮守於此的糧王的鵝鴨二將而得名，實際上有可能反映了徐人的圖騰崇拜。古代鵝又名舒雁（見《爾雅‧釋鳥》），而「徐偃」正與「舒雁」同音。這反映出在以鳥爲圖騰的東夷淮夷族群中，徐是以鵝，即「舒雁」爲圖騰的族群，（這一點正如群舒一樣，如舒鳩，可能是以鳩鳥爲圖騰的族群。）徐偃王名稱的由來可能與徐人的圖騰崇拜有關，即是泛指以舒雁（即鵝）爲圖騰的徐人的王。鵝與鴨爲種類相近的水禽，故可以合稱。

涪陵小田溪新出的鳥獸尊的主體爲鴨、雁之類水禽，頸腹部飾有鱗紋，又有了龍蛇的成份，嘴部爲獸嘴開頭，耳爲犬耳，頭上有角或冠，它似乎應是一個復合了的圖騰形象。與徐偃王鳥生傳說及救徐偃王的鵠蒼的形象有頗多吻合之處。

以上只是粗略探討了徐與群舒、吳越以及巴等古代民族的關係。徐楚關係牽涉過廣，另作專文討論。徐與苗瑤、佘、土家等現代民族的關係已有學者做過一些探討，由於古今民族的建構涉及一些理論和研究方法問題，不能草率從事，本文從略。

圖一

類別\地點	獸首鼎	小口鼎	盉	盨
六安地區	1	2	3	4
三〇六號墓	5	6	7	8

徐舒器物對比圖：上爲六安地區出土舒器，下爲紹興 306 墓出土徐器

該圖採自：張鐘雲，《淮河中下游春秋諸國青銅器研究》，見北大考古系編：《考古學研究》（四），科學出版社，2000 年 10 月。

圖二   圖三

獸首鼎   **曲鋬盉**

邳州九女墩三號墩徐國貴族墓中出土   邳州劉林新石器遺址出土

圖四：巴徐部分銅器對比

提梁壺

小田溪巴人墓葬出土

鉦

小田溪巴人墓葬出土

虎鈕錞于

小田溪巴人墓葬出土

提梁壺

邳州九女墩三號墩徐
國貴族墓中出土

徐䣄尹鉦

上海博物館徵集

虎鈕錞于

丹徒北山頂出土

涪陵小田溪出土的鳥獸尊

第四節　從《尚書・禹貢》看徐國的自然環境與物產特點

　　《禹貢》成書於戰國後期大一統的前夕，其時距離徐之亡國並不十分遙遠，作者將海、岱至於淮水的地域均劃作徐州的疆域，這反映出在戰國人心目中，徐人才是這片疆域最有代表性的開拓者和經營者，儘管後來周初在此分封了魯、莒、滕、薛等諸侯國，但在《禹貢》作者的眼中，魯、莒、滕、薛等國在這一地區的影響無論從存在時間的長短來看，還是從經營地盤的大小上看，均遠不及徐。只有徐才可名符其實地代表著這一地域。由此可以想見，徐在這一地域影響之久遠。《禹貢》徐州條下的有關記載保存了較多寶貴的原始材料，對於我們瞭解當時徐國的自然環境與物產特點具有重要價值。

　　《禹貢》徐州條全文如下：

> 　　海、岱及淮惟徐州：淮、沂其乂，蒙、羽其藝，大野既豬，東
> 原底平。厥土赤埴墳，草木漸包。厥田惟上中，厥賦中中。厥貢惟
> 土五色，羽畎夏翟，嶧陽孤桐，泗濱浮磬，淮夷蠙珠暨魚。厥篚玄
> 纖縞。浮於淮、泗，達於河（菏）。

　　這段話基本反映出西周以前徐國曾達到的勢力範圍，由此可知，徐國故土的四至是北依泰山，南臨淮河，東瀕黃海，西鄰豫州。我們認爲，這一帶無論從新石器時代遺址的文化面貌上看，還是從保留至今的方言、風俗習慣等方面來看，均十分接近，應屬於同一個文化體系。現今的淮海經濟區所覆蓋的地域範圍基本屬於這一文化圈。

　　這一帶的河流主要有：淮水、沂水、泗水與菏水。沂水、泗水、菏水均注入淮水，因而這一帶屬於淮河流域。

　　這一帶著名山脈有：泰山、蒙山、羽山和嶧山。湖泊有大野澤。平原有東原。這一帶的土壤紅潤且有黏性，其田產在九州之中位居第二等，其賦稅在九州之中位列第五等。

　　這一帶的特產（貢品）主要有：羽山山谷所產的五色山雞（古人用其羽毛作爲車服器用之裝飾），嶧山（今邳州巨山）之陽（山之南曰陽）所特有的桐樹（古人用其製作琴瑟），泗水之濱的磬石，淮河一帶所產的蚌、珠，還有用筐盛著的黑細綢和白絹。

第五節　銅鼓與編鐘社會功能的民族考古學比較

　　銅鼓和編鐘都是源於我國的古老樂器，但二者的時空分佈有所不同，銅鼓主要分佈於西南和嶺南地區，編鐘主要分佈於中原及江淮一帶。編鐘在秦漢以後便漸漸絕跡，而銅鼓卻一直爲南方民族所沿用，時至今日，雲南還有一些少數民族仍在使用銅鼓。

　　鐘鼓在古代常常並稱，但由於內地的鼓主要是皮鼓，很難保存下來，所以墓葬中常常只見到鐘，而很少見到鼓。西南和嶺南地區仍可見到羊角紐鐘、編鐘與銅鼓伴出，以及錞于與銅鼓同時敲擊的情形（見晉寧石寨山 M12：26 貯貝器）〔註22〕。這說明銅鼓與編鐘有著相同或相近的社會功能。

　　因此通過對現存少數民族使用銅鼓情況的調查，有助於我們瞭解古代人們使用編鐘情況，有助於我們認識那個古代社會的有關情況。懷著這樣的想法，筆者於 1999 年 3 月對雲南省文山壯族苗族州丘北縣官寨鄉壯族使用銅鼓的情況進行了調查。調查中發現銅鼓具有的下述幾種社會功能在春秋時期編鐘銘文及相關考古發現上亦均有所表現。

　　（1）祭祀功能

　　官寨鄉壯族過去每年過年的時候，「大百戶」、「二百戶」（均爲村寨頭領），要戴上孝帽，穿上長衫、馬褂，敲銅鼓，祭始祖。又，每年祭龍節的時候，要敲銅鼓祭龍。

　　銅鼓之用於宗教祭祀儀式中，有著久遠的歷史。晉寧石寨山 M12：26 貯貝器蓋上的殺人祭祀場面中，有銅鼓與錞于並懸一架同時敲擊的情形。同地出土的三件銅房屋模型，是模擬當時供奉祖先的神房，其中可見銅鼓或供於放置人頭的小龕之下，或有人敲擊。

　　後世人們常將銅鼓用於各種宗教活動，祭祀神祇或祖先。如明代魏濬《嶠南瑣記》：「二月十三日祝融生日，土人擊銅鼓以樂神」〔註23〕。歷史上不少民族都有過年過節敲擊銅鼓的習俗，而節日活動中多含有祭祀的成份。現代不少民族宗教活動中仍在使用銅鼓。

〔註22〕　汪寧生：《雲南青銅器叢考》，《考古》1981 年第 2 期。

〔註23〕　《晉義熙銅鼓考》。轉引自，汪寧生：《銅鼓與南方民族》，吉林教育出版社，1989年。

在春秋時期編鐘銘文中對編鐘的祭祀功能也有明確表述。如：

《沇兒鎛》有：「隹正月初吉丁亥，絆王庚之淑子沇兒，擇其吉金，自作龢鐘，中韸叔昜，元鳴孔皇，孔嘉元成，用盤飲酒，龢會百姓，淑於威儀，惠於盟祀，歔以宴以喜，以樂嘉賓及我父兄庶士，皇皇熙熙，眉壽無疆，子孫永保鼓之」。

《王孫遺者鐘》有：「隹正月初吉丁亥，王孫遺者擇其吉金，自作龢鐘，中韸叔昜，元鳴孔皇，用享於我皇祖文考，用蘄眉壽，余函龏龏屖，畏婁趩趩，肅慭聖武，惠於政德，淑於威儀，誨猷不飤，闌闌龢鐘，用匽以喜，用樂嘉賓、父兄及我佣友，余恁訂心，延永余德，龢渗民人，余專昀於國，虩虩趩趩萬年無期，枼萬孫子，永保鼓之」。

（2）娛樂功能

祭祀常與歌舞相伴隨，其中自寓有娛樂的成份。祭祀是為了娛神，在娛神的同時，人也獲得相應的娛樂。

官寨鄉布沖寨壯族每年正月初一至十五的時候，村中老少都會聚在一起擊鼓為樂。

其它民族亦多以敲擊銅鼓為樂。如唐代東謝蠻「會集則擊銅鼓、吹角以為樂」〔註24〕，宋代越㤰人「親戚宴會，即以瓠笙、銅鼓為樂」〔註25〕，明代仲家人「俗尚銅鼓，時時擊以為娛」〔註26〕，清代黎人「富者鳴銅鼓，以為聚會之樂」〔註27〕。

關於編鐘的娛樂功能在春秋時期編鐘銘文中也有記載，如

《徐王子旃鐘》有：「隹正月初吉元日癸亥，絆王子旃，擇其吉金，自作龢鐘，以敬盟祀，以樂嘉賓佣友諸賢，兼以父兄庶士，以宴以喜，中韸叔音昜，元鳴孔皇，其音管管，聞於四方，韻韻熙熙，子子孫孫，萬世鼓之」。

《儔兒鐘》有：「隹正九月初吉丁亥，曾孫儔兒，余迭斯於之孫。余茲谿之元子，曰，「烏虖，敬哉，余義楚之良臣，而迻之字父，余購迻兒得吉金鑄鋁以鑄龢鐘，以追孝先祖，樂我父兄，飲飤歌舞，孫孫用之，後民是語（娛）」。

〔註24〕　《新唐書·南蠻傳》〔M〕。

〔註25〕　《太平寰宇記》卷一六九〔M〕。

〔註26〕　田汝成：《炎徼紀聞》〔M〕。

〔註27〕　李調元：《南越筆記》卷六〔M〕。

（3）象徵權勢和財富的功能

官寨村壯族的銅鼓在解放前都是存放於「大百戶」家中，「二百戶」家中都沒有銅鼓。布沖寨子中寨壯族銅鼓據介紹是按族房的順序輪流保管，但現在這面銅鼓已在陶文州家保管十餘年了，並沒有人要接著保管，按他的說法，大家都怕麻煩，不願多事。而實際情況卻是因為他家是寨子中最富的，有牛、馬、驢等大牲口七、八頭。由於銅鼓在他家，他在寨中威望也很高，在各種場合中，常充當重要角色。

以上這種情況，與有關文獻記載相合：《太平御覽》卷七八五引晉人裴淵《廣州記》云：「俚僚貴銅鼓，惟高大為貴，面闊丈餘，方以為奇。有是鼓者，極為豪強」。又《隋書·地理志》云：「自嶺以南二十余郡……並鑄銅為大鼓，……有鼓者，號『都老』，群情推服」。唐·劉恂《嶺表錄異》卷上云：「蠻夷之樂有銅鼓焉。……貞元中，驃國進樂有玉螺銅鼓，即知南蠻酋首之家，皆有此鼓也」。明·朱國楨《湧幢小品》卷四云：「蠻中諸鼓……藏二三面即得僭號為寨主矣。」《明史·劉顯傳》云：「（顯）克寨六十餘，……得諸葛銅鼓九十三，……阿大泣曰：『鼓聲宏者為上，可易千牛，次者七八百，得鼓二三，便可僭號稱王。擊鼓山嶺，群蠻畢集，今已矣』」。

由上述記載可見，擁有銅鼓都是所謂「酋首之家」、「都老」、「王」、「寨主」等，可見銅鼓多為富人和統治階級手中之物。

在考古發掘中我們發現，一般中小貴族墓中，儘管也有大量的青銅禮器，但隨葬有編鐘的較為少見。而王、侯及一些很有權勢的卿大夫大多隨葬有成套的編鐘，由此可見，在春秋時期編鐘多為王室、諸侯所擁有，是王權、地位的象徵。

銅鼓之所以成為權勢的象徵又與銅鼓可以號令群眾有關，即所謂「擊鼓山嶺，群蠻畢集。」廣東省博物館一具銅鼓上有「古僮（壯）百姓歸」，說明銅鼓與號令群眾的關係。而在《沈兒鎛》上刻有「龢會百姓」，在《王孫遺者鐘》上刻有「余恁訇心，延永余德，龢淲民人，余專昀於國，鉌鉌趯趯萬年無期」，正說明編鐘也與統治、號令百姓有關。

銅鼓和編鐘不僅是權力和地位的象徵，同時也是財富的象徵。銅鼓原料要用貴重的青銅，製作要靠專門的工匠，故銅鼓從一開始便是價昂之物，可以說它本身就是一種財富。

在佤族社會中，收藏銅鼓正是富人藉以誇示財富和提高社會地位的重要手段，銅鼓的實用功能反倒無足輕重。若問佤人有多少財富，他們不說有多少錢，而是列舉有幾頭牛、幾支槍、幾個銅鼓。銅鼓對佤人來說並不是經常使用的東西，但富裕的佤人還是不吝重價購買，買來後，便珍藏於家中，和他們的珍愛之物──剽牛留下的牛頭，歷年打獵所得的獸頭，獵頭用的人頭袋等等放在一起，視為至寶。通過這些東西向外人誇耀自己的財富、勇敢和好運道。

正因為編鐘和銅鼓一樣，都是財富的象徵，春秋時期各國王室成員才樂意用象徵王權和財富的編鐘作為重要隨葬品。

當然，在所象徵的權勢和財富方面，村寨頭人所擁有的銅鼓是遠不及一國之君所擁有的編鐘的。非但如此，在保管方式、娛樂功能等方面銅鼓與編鐘也存在一些明顯的差別。

西南地區還保留著一種原始的保管銅鼓的方式，那就是村民不分貧富貴賤，按戶每年輪流保管銅鼓。比如，官寨鄉布沖寨子的上寨，銅鼓正保管在寨中最窮的一戶人家，戶主叫陶志鳳，他因違反計劃生育政策，家中生活十分艱難。寨中人知道這種情況，仍讓他保管銅鼓。（他保管的是隻母鼓，中寨陶文州保管的是公鼓）。

春秋時期編鐘被用來隨葬就說明不可能存在輪流保管之事，而只能固定為王室、諸侯所有，這反映出春秋時期各諸侯國階級分化的程度要較這些山寨為高。

編鐘和銅鼓的娛樂功能也有所不同，編鐘需要有樂師來演奏，而欣賞者一般只會是貴族或其賓朋。而銅鼓的娛樂功能幾乎是全民性的，在一定的節日裏，人人都可敲擊它（不過部分地方禁止婦女敲擊銅鼓），人人都可陶醉於銅鼓的節拍聲中。這同樣反映出春秋時期各諸侯國社會分層要較西南一些山寨為高。

通過以上分析可以看出，銅鼓與編鐘二者使用的地域相隔如此之遠，但其社會功能卻又如此相近，這再次證明民族志材料對於考證古史和研究古器物有著很大的幫助。

第六節　徐偃王的傳說及相關問題

先秦史籍中有關徐國的史料極少，過去人們只能從古書中一些有關徐偃王

傳說的零星記載中去推測當時徐國的社會發展狀況。但古書中有關徐偃王的傳說卻是眾說紛紜，甚至多有相互牴牾之處，令人莫衷一是。現在有必要結合有關最新的研究成果對其進行一番新的整理和詮釋。

（一）關於徐偃王所處的年代

史書中關於徐偃王所處的年代主要有「周穆王時期」說、「楚文王時期」說和「楚莊王時期」說這三種說法。有時甚至出現不同的說法混雜於同一段記載中的現象。如《後漢書·東夷列傳》：

> 後徐夷僭號，乃率九夷以伐宗周，西至河上。穆王畏其方熾，
> 乃分東方諸侯，命徐偃王主之。偃王處潢池東，行仁義，陸地而朝
> 者三十有六國，穆王後得驥騄之乘，乃使造父御以告楚，令伐徐，
> 一日而至。於是楚文王大舉兵而滅之。偃王仁而無權，不忍鬥其人，
> 故至於敗。乃北走彭城武原縣東山下，百姓隨之者以萬數，因名其
> 山爲徐山。

這段記載將徐偃王與周穆王、楚文王看作是同一時期的人，而周穆王在位期間是公元前 976 年～公元前 922 年，楚文王在位期間是公元前 689 年～公元前 675 年，二者懸殊二百餘年，故「率九夷以伐宗周」和爲楚所敗，「北走彭城武原縣東山下」的兩位徐偃王絕非一人。

持徐偃王處於「楚文王時期」說觀點的還見於《韓非子·五蠹》：

> 徐偃王處漢東，地方五百里，行仁義。割地而朝者三十有六國。
> 荊文王恐其害己也，舉兵伐徐，遂滅之。偃王行仁義而喪其國，是
> 仁義用於古而不用於今也。

而在《淮南子·人間訓》中，徐偃王又成了與楚莊王同一時代的人了：

> 昔徐偃王好行仁義，陸地之朝者三十二國。王孫屬謂楚莊王曰：
> 「王不伐徐，必反朝徐」。王曰：「偃王有道之君也，好行仁義。不
> 可伐」。王孫屬曰：「臣聞之：大之與小，強之與弱也，如石之投卵，
> 虎之啗豚，又何疑焉？且夫爲文而不能達其德，爲武而不能任其力，
> 亂莫大焉」。楚王曰：「善」。乃舉兵而伐徐，遂滅之。

楚莊王在位期間是公元前 613 年～公元前 591 年，與楚文王相差至少有六、七十年。徐偃王似乎不太可能與楚文王、楚莊王是同一時代的人。

對於史書中所出現的徐偃王活動於周穆王、楚文王、楚莊王三個不同時代、橫跨三、四百年這種看起來很矛盾的現象，史學家們很早就產生疑問，並作出過不同的解釋。其中以徐旭生先生的解釋較爲合理並得到較爲廣泛的接受。他在《中國古史的傳說時代》〔註28〕一書中認爲，「徐偃王在春秋中葉以後或者已經成了徐國的代表人物。秦、趙與徐同祖，可以知道偃王的名字。但普通人對於時間並沒有精確的觀念，遂把偃王說成當日徐方的代表人。並且此種傳說的形成或者已在戰國初期，離偃王時已經遙遠，訛誤比較容易」。顧頡剛先生在《徐和淮夷的遷留》〔註29〕一文中也認爲，「『徐偃王』不是一個具體的人，而只是他們國族的一個徽幟」。

我們認爲，需要補充一點的是，徐偃王之所以會成爲徐國的代表人物或者說徐國的徽幟、象徵，很可能是因爲徐偃王並非是總是專指某位具體徐王的名字，而是指以鵝（古名舒雁）爲圖騰的徐人的王，故稱舒雁王，即徐偃王。這個觀點有鵝鴨城的名稱和徐偃王卵生的傳說故事爲證（詳細考證見本文第一章）。當然我們並不完全排除歷史上曾有位徐王名叫偃王的可能性。也有可能是多種因素共同發生作用的結果，才使得徐偃王最終成爲徐國的代表人物或者說是徐國的象徵。

（二）關於徐偃王的「怪」與「仁」

古書中關於徐偃王的描寫主要集中在「怪」和「仁」這兩方面。表現徐偃王「怪」的主要有以下幾條。

《博物志·異聞》引《徐偃王志》：

> 徐君宮人娠而生卵，以爲不祥，棄之水濱。獨孤母有犬名鵠蒼，獵於水濱，得所棄卵，銜以東歸。獨孤母以爲異，覆暖之，遂孵成兒。生時正偃，故以爲名。徐君宮中聞之，乃更錄取。長而仁智，襲君徐國，後鵠蒼臨死生角而九尾，實黃龍也。偃王又葬之徐界中，今見有狗壟。

《山海經·南山一經》「猨翼之山」條下注引《尸子》：

> 徐偃王好怪：沒深水而得怪魚，入深山而得怪獸者，多列於庭。

〔註28〕 徐旭生：《中國古史的傳說時代》，文物出版社，1985年。

〔註29〕 顧頡剛：《徐和淮夷的遷留》，《文史》第三十二輯，中華書局，1990年。

《山海經・大荒北經》「繼無民」條下注引《尸子》（另外《史記・秦本紀》集解也引此條）：

> 徐偃王有筋無骨。

《荀子・非相》：

> 且徐偃王之狀，目可瞻焉（「焉」一作「馬」）；仲尼之狀，面如
> 蒙倛；周公之狀，身如斷菑；皋陶之狀，色如削瓜；閎夭之狀，面
> 無完膚；傅說之狀，身如植鰭；伊尹之狀，面無須麋；禹跳，湯偏，
> 堯、舜參牟子。

從這幾段話中，我們不但可以知道徐偃王誕生的經歷頗具神話色彩，他的性格怪異，長相奇特，有些描寫幾乎令人無法相信，比如說他有筋無骨，再比如說他的額頭奇突無比，以至於他的眼睛能夠看到自己的額頭，另外還可從《荀子・非相》中與他並列的人推知，他是一位品行絕佳的聖人，其道德人品完全可與孔子、周公、皋陶、傅說、伊尹、堯、舜、禹、成湯等古代境界最高的聖人相媲美。荀子將其排於孔子等聖人之前，這足以反映出他在當時所擁有崇高聲望。

表現徐偃王「仁」的主要有以下幾條。

《韓非子・五蠹》：

> 徐偃王處漢東，地方五百里，行仁義。

《淮南子・人間訓》：

> 昔徐偃王好行仁義，陸地之朝者三十二國。

《後漢書・東夷列傳》中說：

> 偃王仁而無權，不忍鬥其人，故致於敗。

《元和郡縣志卷九・河南道五・泗州・徐城縣》：

> 徐城縣，本徐子國也，周穆王末，徐君偃好行仁義，視物如傷，
> 東夷歸之者四十餘國，周穆王聞徐君威得日遠，乘八駿馬，使造父
> 御之，發楚師，襲其不備，大破之，殺偃王。

我們認為這裏所說的徐偃王「好行仁義」、「仁而無權，不忍鬥其人」、「視物如傷」似均應視為原始社會中首領與氏族成員之間平等的關係的遺風遺俗，

與後世儒家所倡導的仁政思想是不可同日而語的。至於徐偃王親自漁獵,並將所獲之物陳列出來,一方面自有炫耀自己勇猛能幹之意,另一方面也反映了徐國還保留了一些原始社會氏族首領與成員共同勞動,共享勞動成果的習俗。

徐偃王好行仁義的遺風在徐國銅器銘文中也有間接的表現,徐國銅器銘文中常見器主不厭其煩地追述先君先祖,正是徐人「不敢忘其君,亦不敢遺其祖」的具體表現,在器主人名之後還常加上「兒」作為後綴,這也是為了向先君、先祖及長輩表示恭敬和順從。這樣做正如《禮記·冠義》中所講的那樣:「所以自卑而尊先祖也」。尊先敬祖自然應當視作好行仁義的一個具體表現。古書中也有「夷性仁」的記載,可與徐偃王好行仁義的傳說相互印證。

徐偃王既然如此好行仁義,為何最終落了個身死國滅,為世人嘲笑的悲殘命運呢?是因為韓非子所說的「仁義用於古而不用於今」嗎?我們認為,非也。徐偃王的好行仁義,只是處在很低級的層次,屬於一種小恩小惠的性質,或者說僅停留於個人的道德、品格層面上,而未能觸及到制度層面的改革。舉一個小小的例子就可以說明這個問題。如在邳州九女墩幾座徐國王族大墓中均有用人陪葬的現象,多的有 16 人(三號墩),少的也有 5 人(二號墩)。春秋時期華夏諸國大多早已廢止了殉人的陋習,偶有殉人現象發生時,也要遭到社會輿論的強烈譴責(如《詩經·黃鳥》對秦穆公以三良為殉的譴責)。然而徐國王族到了春秋晚期還頑固地堅持殉人的夷俗,這只能說明其政治制度的落後與保守。與其它積極進行社會變革的鄰國相比,徐國顯然已遠遠地落伍了。恐怕這才是其滅亡的真正原因。

參考書目索引

（按作者姓氏筆劃排序）

一、古籍、方志類

《詩經》

《尚書》

《禮記》

《周禮》

《春秋》

《左傳》

《史記》

《漢書》

《後漢書》

《水經注》

《山海經》

《搜神記》

《元和郡縣圖志》

《太平寰宇記》

《邳州志》

《邳志補》

二、工具書類

1. 許慎撰、段玉裁注，《說文解字注》，上海古籍出版社，1988 年。

2. 羅振玉編，《三代吉金文存》，中華書局，1983 年。

3. 容庚編著，《金文編》，中華書局，1985 年。

4. 徐中舒主編，彭裕商等編纂，《甲骨文字典》，四川辭書出版社，1988 年。

三、論著類

1. 山西省文物管理委員會，《山西侯馬上馬村東周墓葬》，《考古》1963 年第 5 期。

2. 山西省文管會、山西省考古所，《山西長治分水嶺戰國墓第二次發掘》，《考古》1964 年第 3 期。

3. 山東省文物考古研究所等，《曲阜魯國故城》，齊魯書社，1982 年。

4. 上海博物館商周青銅器銘文選編寫組，《商周青銅器銘文選》，文物出版社，1987 年。

5. 上海博物館青銅器研究組編，《商周青銅器紋飾》，文物出版社，1984 年。

6. 馬承源、王子初（主編），《中國音樂文物大系‧上海卷、江蘇卷》，大象出版社，1996 年。

7. 馬承源主編，《中國青銅器》，上海古籍出版社，1988 年。

8. 馬承源主編，《吳越地區青銅器研究論文集》，香港兩木出版社，1998 年。

9. 馬世之，《也談王子嬰次爐》，《江漢考古》1981 年第 1 期。

10. 萬全文，《徐楚青銅文化比較研究論綱》，《東南文化》1993 年第 6 期。

11. 萬全文，《徐國青銅器略論》，《文物研究》總第 7 輯，黃山書社，1991 年。

12. 萬全文，《徐國青銅器研究》，《故宮文物月刊》（臺灣）第 16 卷第 1 期，1998 年。

13. 中國科學院考古研究所，《洛陽中州路》，科學出版社，1959 年。

14. 中國科學院考古研究所編，《殷周金文集成》，中華書局，1984～1994 年。

15. 中國科學院考古研究所編，《殷周金文集成釋文》，香港中文大學中國文化研究所，2001 年。

16. 中國青銅器全集編輯委員會編，《中國青銅器全集》，文物出版社，1997 年。

17. 孔令遠，《試論江蘇邳州市九女墩三號墩出土的青銅器》，《考古》2002 年第 5 期。

18. 孔令遠，《王子嬰次爐的復原及其國別問題》，《考古與文物》2002 年第 4 期。

19. 孔令遠，《徐國青銅器群綜合研究》，《考古學報》，2011 年第 4 期。

20. 孔令遠、李豔華，《也論戲巢編鎛的國別》，《南方文物》，2000 年第 2 期。

21. 孔令遠、陳永清，《江蘇邳州市九女墩三號墩的發掘》，《考古》2002 年第 5 期。

22. 孔令遠、李豔華、闞緒杭，《徐王容居戈銘文考釋》，《文物》，2013 年第 3 期。

23. 王國維，《王國維遺書》，上海古籍書店，1983 年。

24. 王力，《同源字論》，見其《同源字典》，商務印書館，1982 年。

25. 王世民、陳公柔、張長壽，《西周青銅器分期斷代研究》，文物出版社，1999 年。

26. 王世民、蔣定穗，《最近十多年來編鐘的發現與研究》，《黃鐘》1999 年第 3 期。

27. 王迅，《東夷文化與淮夷文化研究》，北京大學出版社，1994 年。

28. 王政，《關於淮夷、徐夷文化審美基因的初步考察》，《考古與文物》1994 年第 4 期。

29. 方詩銘、王修齡，《古本竹書紀年輯證》，上海古籍出版社，1981 年。

30. 毛穎、張敏，《長江下游的徐舒與吳越》，湖北教育出版社，2004 年。

31. 四川大學博物館、中國古代銅鼓研究學會編，《南方民族考古》第二輯，四川科學技術出版社，1990 年。

32. 四川大學歷史系編，《徐中舒先生九十壽辰紀念文集》，巴蜀書社，1990 年

33. 四川聯合大學歷史系編，《徐中舒先生百年誕辰紀念文集》，巴蜀書社，1998 年。

34. 四川大學考古專業編，《四川大學考古專業創建三十五週年紀念文集》，四川大學出版社，1998 年。

35. 四川大學歷史文化學院考古學系編，《四川大學考古專業創建四十週年暨馮漢驥教授百年誕辰紀念文集》，四川大學出版社，2001 年 。

36. 白堅、劉林，《從靖安、貴溪出土徐器和仿銅陶器看徐文化對南方吳越文化的影響》，《江西歷史文物》1981 年。

37. 馮時，《𢒠巢鐘銘文考釋》，《考古》2000 年第 6 期。

38. 朱鳳瀚，《古代中國青銅器》，南開大學出版社，1995 年。

39. 劉起釪，《〈禹貢〉徐州地理叢考》，《文史》第四十四、四十五期，中華書局，1998 年。

40. 劉彬徽，《吳越地區東周銅器與徐楚銅器比較研究》，見馬承源主編《吳越地區青銅器研究論文集》，香港兩木出版社，1998 年。

41. 劉彬徽，《早期文明與楚文化研究》，嶽麓書社，2001 年。

42. 江西省歷史博物館、靖安縣文化館，《江西靖安出土春秋徐國銅器》，《文物》1980 年第 8 期。

43. 江西省歷史博物館、貴溪縣文化館，《江西貴溪崖墓發掘簡報》，《文物》1980 年第 11 期。

44. 江蘇省丹徒考古隊，《江蘇丹徒北山頂春秋墓發掘報告》，《東南文化》1988 年第 3 〜4 期合刊。

45. 關百益，《新鄭古器圖錄》，1929 年。

46. 嚴文明，《東夷文化的探索》，《文物》1989 年第 9 期。

47. 汪寧生，《汪寧生論著萃編》，雲南民族出版社，2001 年。

48. 蘇秉琦，《略談我國沿海地區的新石器時代考古》，《文物》1978 年第 3 期。

49. 蘇秉琦，《蘇秉琦考古學論述選集》，文物出版社，1984 年

50. 李學勤，《東周與秦代文明》，文物出版社，1984 年。

51. 李學勤，《新出青銅器研究》，文物出版社，1990 年。

52. 李學勤，《走出疑古時代》，遼寧大學出版社，1997。

53. 李學勤，《春秋南方青銅器銘文的一個特點》，見馬承源主編《吳越地區青銅器研

究論文集》，香港兩木出版社，1998 年。

54. 李伯謙，《中國青銅文化結構體系研究》，科學出版社，1998 年。

55. 李白鳳，《東夷雜考》，齊魯書社，1981 年。

56. 李科友，《貴溪崖墓》，文物出版社，1990 年。

57. 李家和、劉詩中，《春秋徐器分期和徐人活動地域試探》，《江西歷史文物》1983 年第 1 期。

58. 李修松，《淮夷探論》，《東南文化》，1991 年第 1 期。

59. 李修松，《徐夷遷徙考》，《歷史研究》1996 年第 4 期。

60. 李修松，《塗山彙考》，《中國史研究》1999 年第 2 期。

61. 李世源，《古徐國小史》，南京大學出版社，1990 年。

62. 杜廼松，《談江蘇地區商周青銅器的風格與特徵》，《考古》1987 年第 2 期。

63. 安徽省文化局文物工作隊，《安徽舒城出土的銅器》，《考古》1964 年第 10 期。

64. 安徽省文物工作隊，《安徽舒城九里墩春秋墓》，《考古學報》1982 年第 2 期。

65. 吳山菁，《江蘇六合縣和仁東周墓》，《考古》1977 年第 5 期。

66. 谷建祥、魏宜輝，《邳州九女墩所出編鎛銘文考辨》，《考古》1999 年第 11 期。

67. 張亞初編著，《殷周金文集成引得》，中華書局，2001 年。

68. 張正祥，《西𣲖鐘》，《南京博物院集刊》第 5 輯，1982 年。

69. 張鐘雲，《徐與舒關係略論》，《南方文物》，2000 年第 3 期。

70. 張鐘雲，《淮河中下游春秋諸國青銅器研究》，見北大考古系編：《考古學研究》（四），科學出版社，2000 年 10 月。

71. 張敏，《江蘇出土的商周青銅器》，見徐湖平主編《青銅器》，上海古籍出版社，1998 年。

72. 張頷、張萬鐘，《庚兒鼎解》，《考古》1963 年第 5 期。

73. 羅振玉，《羅雪堂先生全集》初編，文華出版公司，臺北，1968 年。

74. 羅桂英，《館藏珍品・春秋鎮墓獸》，《歷史文物》（臺北），11 卷第 2 期（2001 年 2 月）。

75. 楊樹達，《積微居金文說》，科學出版社，1959 年。

76. 楊銘，《西南民族史研究》，重慶出版社，2000 年。

77. 鄒衡，《夏商周考古學論文集》，文物出版社，1980 年。

78. 林華東，《紹興 306 號「越墓」辨》，《考古與文物》1985 年第 1 期。

79. 林巳奈夫，《春秋戰國時代青銅器の研究》（殷周青銅器綜覽三），吉川弘文館，1989 年。

80. 陳公柔，《徐國青銅器的花紋、形制及其它》，見馬承源主編：《吳越地區青銅器研究論文集》，香港兩木出版社，1998 年。

81. 河南省文化局文物工作隊，《河南信陽楚墓出土文物圖錄》，鄭州，1959 年。

82. 河南省丹江庫區文物發掘隊，《河南省淅川縣下寺春秋楚墓》，《文物》1980 年第 10 期。

83. 南京博物院等，《江蘇省出土文物選集》，文物出版社，1963 年。

84. 南京博物院等，《1959 年冬徐州地區考古調查》，《考古》1960 年第 3 期。

85. 南京博物院等，《江蘇丹徒磨盤墩西周墓發掘簡報》，《文物》1984 年第 5 期。

86. 南京博物院等，《江蘇省邳州市九女墩二號墩發掘簡報》，《考古》1999 年第 11 期。

87. 南京博物院等，《江蘇丹徒橫山、華山土墩墓發掘報告》，《文物》2000 年第 9 期。

88. 洛陽博物館，《洛陽哀成叔墓清理簡報》，《文物》1981 年第 7 期。

89. 陝西省博物館、陝西省文管會，《文化大革命期間陝西出土文物展覽》，陝西人民出版社，1973 年。

90. 煙臺市文物管理委員會，《山東長島王溝東周墓葬》，《考古學報》1993 年第 1 期。

91. 賀雲翶，《徐國史研究綜述》，《安徽史學》，1986 年第 6 期。

92. 賀雲翶，《徐國史初探》，《南京博物院集刊》第 5 輯，1982 年。

93. 俞偉超，《先秦兩漢考古論文集》，文物出版社，1985 年。

94. 徐中舒，《薄姑、徐奄、淮夷、群舒考》，《四川大學學報》1998 年第 3 期。

95. 徐中舒，《先秦史論稿》，巴蜀書社，1992 年。

96. 徐中舒，《徐中舒歷史論文選輯》，中華書局，1998 年。

97. 徐旭生，《中國古史的傳說時代》，文物出版社，1985 年。

98. 徐州博物館、邳州博物館，《江蘇邳州市九女墩春秋墓發掘簡報》，《考古》2003 年第 9 期。

99. 唐蘭，《西周青銅器銘文分代史徵》，中華書局，1986 年。

100. 容庚、張維持，《殷周青銅器通論》，文物出版社，1984 年。

101. 高明，《高明論著選集》，科學出版社，2001 年。

102. 高至喜，《商周青銅器與楚文化》，嶽麓書社，1999 年。

103. 高崇文，《兩周時期銅壺的形態學研究》，見俞偉超主編《考古類型學的理論與實踐》，文物出版社，1989 年。

104. 殷瑋璋，《從青銅樂鐘的類型中國南方青銅文化的相關問題》，見四川大學博物館、中國古代銅鼓研究學會編《南方民族考古》第二輯，四川科學技術出版社，1990 年。

105. 曹淑琴、殷瑋璋，《早期甬鐘的區、系、型研究》，見蘇秉琦主編《考古學文化論集二》，文物出版社，1989 年。

106. 曹錦炎，《越王姓氏新考》，見《中華文史論叢》1983 年第 3 輯，中華書局。

107. 曹錦炎，《紹興坡塘出土徐器銘文及其相關問題》，《文物》1984 年第 1 期。

108. 曹錦炎，《春秋初期越爲徐地說新證》，《浙江學刊》1987 年第 1 期。

109. 曹錦炎，《𨬖六邳編鐘銘文釋議》，《文物》1989 年第 4 期。

110. 倪振逵,《淹城出土的銅器》,《文物》1959 年第 4 期。

111. 郭沫若,《殷周青銅器銘文研究》,人民出版社,1954 年。

112. 郭沫若,《兩周金文辭大系圖錄考釋》,上海古籍出版社,1999 年。

113. 郭寶鈞,《山彪鎮與琉璃閣》,科學出版社,1959 年。

114. 郭寶鈞,《商周銅器群綜合研究》,文物出版社,1981 年。

115. 顧頡剛,《徐和淮夷的遷留》,《文史》第三十二輯,中華書局,1990 年。

116. 顧孟武,《有關淮夷的幾個問題》,《中國史研究》1986 年第 3 期。

117. 浙江省文管會等,《紹興 306 號戰國墓發掘簡報》,《文物》1984 年第 1 期。

118. 黃展岳,《中國古代的人牲人殉問題》,《考古》1987 年第 2 期。

119. 龔維英,《徐偃王年代考》,《安徽史學》1960 年第 3 期。

120. 崔恒升,《安徽出土金文訂補》,黃山書社,1998 年。

121. 蒙文通,《古族甄微》,巴蜀書社,1993 年

122. 蒙文通,《古史甄微》,巴蜀書社,1999 年。

123. 曾昭燏、尹煥章,《江蘇古代歷史上的兩個問題》,《江海學刊》1961 年第 12 期。

124. 傅斯年,《夷夏東西說》,見《慶祝蔡元培先生六十五歲論文集》下冊,1935 年。

125. 彭適凡,《談江西靖安徐器的名稱問題》,《文物》1983 年 6 期。

126. 彭適凡,《有關江西靖安出土徐國銅器的兩個問題》,《江西歷史文物》1983 年第 2 期。

127. 彭裕商,《嘉鼎銘文考釋》,見《考古與文物叢刊》第二號《古文字論集》,1983 年。

128. 彭裕商,《金文研究與古代典籍》,《四川大學學報》 1993 年第 1 期。

129. 彭裕商,《宜侯 簋與吳文化》,《炎黃文化研究》1995 年第 2 期。

130. 彭裕商,《麥四器與周初的邢國》,見四川聯合大學歷史系編《徐中舒先生百年誕辰文集》,巴蜀書社,1998 年。

131. 彭裕商,《諡法探源》,《中國史研究》,1999 年第 1 期。

132. 彭裕商,《西周銅簋年代研究》,《考古學報》2001 年第 1 期。

133. 彭裕商,《西周青銅器年代綜合研究》,巴蜀書社,2003 年。

134. 董作賓,《譚「譚」》,見劉夢溪主編《中國現代學術經典·董作賓卷》,河北教育出版社,1996 年。

135. 董楚平,《吳越文化新探》,浙江人民出版社,1988 年。

136. 董楚平,《吳越徐舒金文集釋》,浙江古籍出版社,1992 年。

137. 董楚平,《金文鳥篆書新考》,《故宮學術季刊》(臺灣),第 12 卷第 1 期,1994 年。

138. 譚其驤主編,《中國歷史地圖集》,地圖出版社,1982 年。

致　謝

　　本書是在我的博士學位論文的基礎上完成的，在此我要向我攻讀博士學位時的導師彭裕商教授表達眞摯的謝意。在我的碩士及博士學位論文評審和答辯時，汪寧生教授、馬曜教授、、田汝康教授、宋永培教授、朱鳳瀚教授、霍巍教授、羅二虎教授、高大倫教授、王輝研究員、黃德寬教授、黃天樹教授、王蘊智教授、趙殿增研究員，在對論文進行充分肯定的同時，還指出文中存在的錯誤之處，並提出很好的修改意見，對我教益良多，謹此致以衷心的感謝。錦江脈脈，歲月悠悠，昔我來兮，懵懵懂懂，今我往矣，成竹在胸，寒窗數載，幸遇良師，師恩情深，永銘我心。

　　同時還要感謝以下曾爲我寫作本文提供過不同形式幫助的師友：

　　邳州博物館的陳永清先生提供了九女墩五、六號墩的調查材料，陳永清先生與我一起發掘九女墩三號墩，是我走向考古的啓蒙老師，他常和我一起討論有關徐國的歷史和考古問題，他對徐國考古有著很高熱情，然而他現在卻再也不能和我一起探討學術了，二零零二年三月，他因突發性腦溢血，猝然與世長辭，享年六十八歲。每念及此，痛心不已。

　　徐州博物館的劉照建和盛儲彬先生提供了當時尙未公開發表的九女墩四號墩和梁王城金鑾殿遺址的發掘材料，其誠可感，謹此表示崇高的敬意和感謝。

　　四川大學的張勳燎教授，江西省考古所的彭適凡、許智範研究員，陝西省

考古所的王輝研究員，上海博物館的陳佩芬、李朝遠、周亞研究員，中國音樂研究院的王子初研究員，南京博物院的王金潮、張敏、谷建祥、朱國平研究員，重慶師範大學李禹階教授，重慶市博物館黎小龍教授，安徽省考古研究所闞緒杭、張鐘雲研究員，考古雜誌社的馮時、施勁松、李學來先生，洪石、楊毅女士，浙江省社科院的董楚平研究員，浙江省大學的曹錦炎研究員，南京大學的賀雲翱研究員，西南民族大學的楊銘研究員，徐州博物館的李銀德、耿建軍研究員，邳州博物館的井浩然、程衛先生，中國文物報社張雙敏女士，特書於此，以致謝意。

同我一起研習過考古學和古文字的師兄弟（姐妹）彭邦本、徐難於教授、柳春鳴、彭明瀚研究員、鄒芙都教授、嚴和來先生、鄭繼娥、徐明波、李緩、陳長虹女士等均曾給我以啓迪和幫助，謹致謝忱。

在這裏我還要向敬愛的父母表達感激之情，我長年漂泊，遊學在外，無法侍奉在父母身邊。母親已於 2013 年 1 月 6 日病逝，雲卷雲舒，花開花落，大愛如母，高風在天。父親今年也滿八十周歲。正所謂「樹欲靜而風不止，子欲養而親不待」。每念及此，愧疚不已。

我還要向妻子李豔華表達我最誠摯的謝意，我常年在外遊學，她獨自承受起家庭的重擔，照顧老人，撫育女兒。我的所有成績中都應有她的一半功勞，另外需要說明的是，本文中九女墩三號墩出土器物拓片均是她製作的。

由於本人才疏學淺，孤陋寡聞，文中有錯謬之處，在所難免，敬希方家、學者不吝賜教。

孔令遠

2016 年 4 月 8 日於縉雲山下

聯繫地址：重慶沙坪壩區大學城，重慶師範大學歷史與社會學院

郵編：401331

E-mail：Lingyuankong99@hotmail.com

附　圖

九女墩三號墩出土的編鎛

邳州九女墩三號墩出土的銅尊

邳州九女墩三號墩出土的獸首鼎

邳州九女墩三號墩出土罐形鼎

邳州九女墩三號墩出土的銅豆